소설
도쿄

아르띠잔

누벨
바그

四柱八字

by Ushio FUKAZAWA

ⓒ Ushio FUKAZAWA 2016, Printed in Japan

Korean translation copyright ⓒ 2019 by ARTIZAN

Frist published in Japan by SHINCHOSHA PUBLISHING CO., LTD.

Korean translation rights arranged with SHINCHOSHA PUBLISHING CO., LTD.

through Imprima Korea Agency.

누벨
바그
2

김학찬

김민정

정의신

송재현

후카자와 우시오

소설
도쿄

아르띠잔

누벨바그2

소설 도쿄

1판 1쇄 찍은 날 | 2019년 1월 17일
1판 1쇄 펴낸 날 | 2019년 1월 24일

지은이	김학찬 김민정 정의신 송재현 후카자와 우시오
펴낸이	김병수
책임편집	김현정
디자인	정계수
펴낸곳	아르띠잔
출판등록	2013년 7월 15일 제396-2013-000120호
주소	경기도 고양시 일산동구 무궁화로 255 와이하우스 106동 205호
전화	031-912-8384
팩스	031-913-8384
facebook	www.facebook.com/ArtizanBooks
E-mail	ArtizanBooks@daum.net

ISBN 979-11-963738-1-8/ 03810

이 도서의 국립중앙도서관 출판시도서목록(CIP)은 서지정보유통지원시스템
홈페이지(http://seoji.nl.go.kr)와 국가자료공동목록시스템(http://www.nl.go.kr/kolisnet)에서
이용하실 수 있습니다. (CIP제어번호: CIP 2018041990)

도쿄,
동경,
TOKYO

—《소설 도쿄》기획의 말을 대신해

2000년대 초반에 도쿄에서 대학을 졸업했습니다. 저를 비롯한 많은 동기가 취업을 하지 못하거나 비정규직이 되었습니다. 취업 빙하기라 불리던 시절입니다. 그로부터 20년쯤 지나니 시니어 세대들이 정신없이 은퇴하기 시작했고, 만성적인 일손 부족이라는 단어가 매일같이 신문 지면을 메우고 있습니다.

1995년 간사이 지역에서 한신·아와지 대지진(고베 대지진)이 일어났을 때 도쿄 사람들은 부리나케 마트로 달려가 보존용 음식을 사들였고, 가구들을 고정시키기 시작했습니다. 400킬로 이상 떨어진 곳에서 일어난 강진은 도쿄 사람들에겐 그저 비현실적으로만 느껴졌습니다. 2011년 동일본 대지진이 일어났을 때, 이제 지진은 남 일이 아닌 도쿄의 문제가 되었습니다. 도쿄 거주민들은 방사성 물질을 피해 도쿄 이남 지역으로 대피를 하거나, 언제 지진이 일어나도 걸어서 집에 돌아갈 수 있게 굽 낮은 신발을 가방에 하나씩 넣고 다녔습니다. 누군가는 서둘러 결혼을 했고, 누군가는 황급히 이혼을 선택했습니다. '이대로 살아서는 안 되겠다'가 적극적인 행동으로 나타났습니다. 이제는 방사성 물질을 두려워하는 이들은 줄었지만 저마다 미니멀리즘을 실천하며, 지진이 일어나도 가구가 쓰러져 사고를 당하는 일이 없도록 조심조심 살아가고 있습니다.

한때 시부야에는 '지앙지앙'이라는 꽤 개성적인 소극장이 있어서 언제든 재즈 라이브를 들을 수 있었고 유럽과 아시아, 미국의 독특한 영화들을 개봉하는 '시네마 라이즈'라는 극장이 있어서 〈트레인스포팅〉을 상영하고, 〈헤드윅〉을 상영하고, 쿠스트리차 감독의 〈언더그라운드〉와 마르잔 사트라피의 〈페르세폴리스〉를 상영했습니다. 90년대 일본은 거품경제 직후의 낭만이 남아 있고, 문화에 대한 이해와 공감이 있던 시절입니다. 거품경제 당시의 일본을 그리워하는 이들은 롯폰기의 디스코 클럽 '줄리아나'를 떠올릴지도 모릅니다. 하지만 이제 그런 모습은 도쿄 어디에서도 찾을 수 없습니다. 도쿄는 숨 쉴 틈 없이 매일 새로 태어납니다.

2020년 도쿄올림픽·패럴림픽을 코앞에 두고 시부야는 역 주변 재개발이 한창입니다. 시부야뿐만이 아닙니다. 긴자에는 거품경제 시절 호황을 누리던 술집들이 하나둘 문을 닫았다 싶더니 어느새 '긴자 식스'라는 고급 쇼핑몰이 들어섰고, 구舊 올림픽 경기장은 2018년 10월 현재 철근만 남은 흉한 모습으로 다시 태어날 날을 기다리고 있습니다. 아마 흘러가고 잊힌 것들은 어딘가에 버려지고 완전히 새로운 것들이 자리를 차지했다가 다시 낡아 버려지고 또 새로운 것으로 바뀌는…… 그렇습니다, 도쿄는 '다이내믹'함과 동시에 어딘가 애처로운 도시입니다.

얼마 전 지인이 교토에서 도쿄로 이사를 오면서 어느 지역을 추천하겠느냐고 물었습니다. 도쿄에는 정치·경제의 중심인 23개의 구가 있고, 이 23개 구를 벗어난 동쪽으로 무려 26개의 시가 있으며, 도쿄에서 배나 비행기를 타고 가야만 도착할 수 있는 섬들까지 행정구역상 도쿄도에 속해 있습니다. 서울의 3.6배라는 이곳은 수도치고는 꽤나 넓은 면적을 자랑합니다.

도쿄는 광활합니다. 도쿄는 낯설고, 차갑고, 고독합니다.

그럼에도 도쿄를 밝히고, 지키고, 견디는 이들이 무려

1,383만 9,900명이나 된다고 합니다. 그들 중 35퍼센트는 홀로 이 도시에서 살아가고 있습니다.

《소설 도쿄》에는 다섯 명의 작가가 참여했습니다. 일본에 거주하는 작가가 넷, 한국에 거주하는 작가가 한 분입니다.

저는 한 한국인 여성의 서른아홉 생일날 하루 일과를 담았습니다.

정의신 작가의 〈불가사의한 공간〉은 도쿄에 사는 중년 작가의 이야기입니다. 그는 어릴 적 할머니와 살던 동네와 그 동네 사람들을 추억합니다. 극작가이자 연출가로 널리 알려진 정의신 작가는 극본 외에는 글을 거의 쓰지 않는데, 특별하게 그의 소설 두 편을 이 책에 싣게 되었습니다. 〈소프트보일드〉는 정 많은 정의신 작가다운 작품입니다. 희곡 이외의 작품은 거의 쓰지 않는 정의신 작가의 자전적 소설 두 편을 이 책에서 처음으로 소개해 드립니다.《소설 도쿄》는 희곡이 아닌 그의 작품을 한국에 소개하는 유일한 책이 될 것입니다.

송재현 작가는 결혼 후 유학을 온 부부의 관계와 역할에 대해 고민하는 이야기를 들려줍니다. 일본에 살아도, 한국에 살아도 피해갈 수 없는 명제입니다.

후카자와 우시오 작가의 〈사주팔자〉는 신오쿠보 한인타운에서 사주팔자를 보는 한국인 여성의 이야기입니다. 그녀를 찾아오는 다양한 고민을 가진 이들을 통해 현대 일본의 단면을 잘 보여줍니다. 일본에서는 많은 작품으로 호평을 받고 있는 후카자와 우시오 작가의 작품을 한국에 최초로 소개하는 작품집이기도 합니다.

정의신 작가와 후카자와 우시오 작가의 작품은 일본어로 쓰였으며, 세 작품 모두 제가 번역한 점도 아울러 알려 드립니다. 후카자와 작가의 〈사주팔자〉는 앞으로 출간될 그녀의 장편《인연을 맺어주는 사람》에도 수록될 예정입니다.

도쿄에 거주하는 네 명의 작가들은 각자 저마다의 시점에서 도쿄살이를 이야기합니다. 결코 쉽지 않은 도쿄 생활과 제각기의 고민, 결국 '왜, 어떻게 사느냐'로 종결되는 그 질문에 이 책을 쓴 모든 작가들은 '희망차다'고 하기보다, 희망적인 여운을 남겨줍니다.

한국의 김학찬 작가는 이런 도쿄를 찾아온 어느 작가가 무라카미 하루키를 찾아 헤매는 비일상적인 스토리를 전개합니다. 첫 장면부터 위트가 넘치는 이 작품은, 이 넓은 도쿄에서 하루키를 찾아 헤매는, 현대판 '파랑새 찾기'와도 같습니다. 하루키를 찾았는지 아닌지는 여러분의 판단에 맡깁니다.

도쿄로 이사 온다는 친구에게 저는 제가 사는 동네를 권했습니다. 나날이 변화하는 도쿄지만, 변함없는 것이 있다면 알아서 의지하고 살아야 하는 사람들과 정뿐이니까요. 식상하지만, 지친 하루에 기댈 어깨가 하나쯤 더 있다는 것은 내일을 살아갈 희망이 되는 까닭입니다.

도쿄에 오시면 하루키는 만나지 못해도, 하루키를 만나려고 서성이는 작가나 작가 지망생을 우연히 스쳐 지나가게 될지도 모릅니다. 아니, 어쩌면 하루키를 만날 수 있을지도 모릅니다. 혹은 신주쿠의 호텔에서 밀회를 즐기는 리를, 애써 행복한 척 살아가는 신혼부부들 또는 진심으로 사랑하는 이들을, 신오쿠보에서 점을 치고 있을지도 모를 재일교포 여성을, 슈크림이 먹고 싶지만 민망해서 스포츠신문을 함께 계산대 위에 올려놓는 중년 남성을 만날 수 있을지도 모릅니다. 일상을 살아가는 사람들 말입니다.

매일매일 탈바꿈하는 도쿄가 부디 건재하기를 빕니다.

더불어 《소설 도쿄》가 부디 건투하기를 빕니다.

소설을 통해 도쿄를 만나는 여러분께 행운이 가득하길 또한 빌어봅니다.

2019년, 김민정

차례

프·러·포·즈

プロポーズ

김학찬

김학찬

장편소설《풀빵이 어때서?》로 제6회 창
비장편소설상을 받았다. 장편소설《굿
이브닝, 펭귄》《상큼하진 않지만》과《우
리집 강아지》가 있다. 최명희청년문학
상, 전태일문학상을 받았다.

#1

취향은 존중받을 수밖에 없는 것이다.

나도 사소한 취향이 있다.

소설가가 등장하는 소설은 질색이다. 수험생일 때는 어쩔 수 없었다. 시험은 사람을 존중하지 않으니까. 가슴 조이는 기분이 들었지만 가까스로 현진건의 〈빈처〉와 이태준의 〈토끼 이야기〉를 읽고 다음 중 <u>가장</u> 적절한 것을 골라야만 했다. 운수가 나쁜 현진건이 안타까웠다. 그런데 안타까움과는 별개로, 어떻게 〈야인시대〉 김무옥(이혁재 분)과 얼굴이 똑같지?

영화도 소설과 같았다. 홍상수가 칸이 되건 깐느랑 놀건 간에, 홍상수 영화는 오 분도 보지 않았다. 물론 사랑은 단지

개인의 취향이므로 아무 관심도 없다. 다만 훨씬 그전부터, "넌 예뻐, 너무 예뻐"라는 대사를 무한히 반복할 때부터 참을 수가 없었다. 아무리 봐도 홍상수 감독 자신일 것 같은 인물이 담배를 물고 등장했으니까. 〈잘 알지도 못하면서〉에 소설가 김연수가 영화감독 역할로 나올 때는, 공포영화를 보는 것처럼 눈을 반쯤 감아서 버텼다.

홍상수의 웃음소리가 들리는 것 같았다.

소설 속 소설가, 영화 속 영화감독을 보고 있으면 호흡이 곤란해졌다.

쉿. 네가 소설가인 건 비밀이 아니야. 그렇다고 등장인물까지 소설가일 필요는 없잖아. 굳이 예술가가 필요하다면 시인은 어때? 사실 시인이 나오는 건 더 싫다. 이창동의 영화 〈시〉에는, 제목에서 눈치챘어야 했는데, 실제 시인이 정말 등장했다. 김용택까지는 오징어를 앙 물고 참아낼 수 있었지만 황병승의 얼굴이 보이는 순간 영화를 포기할 수밖에 없었다. 김연수가 자꾸만 생각났다. 〈버닝〉의 종수(유아인 분)는 소설가 지망생이니까, 아직 소설가는 아니라고 최면을 걸어가며 간신히 버텼다.

좋아했던 소설가일지라도 소설가가 등장하는 소설을 발표하면 읽던 책을 덮고 기도를 올렸다. 주님, 저 죄인은 이야기의 기본을 소중하게 여기지 않았나이다. 영원한 번제의 불

프러포즈

이 저들을 위해 창세부터 준비되어 있음을 믿사옵나이다. 아멘. 또 아멘.

모든 소설가는 자신의 이야기에서 출발한다. 공리公理다. 그러나 자신을 팔아먹는 작가는 상상력이 고갈된 것이다. 진실이다. 아무리 궁금하더라도 길의 끝까지 걸어서는 안 된다. 남겨둔 골목이 있어야 한다. 파산한 소설가들에게 할 수 있는 복수를 하기 위해 가지고 있던 책들을 중고서점에 헐값으로 팔았다. 헌책 한 권이 팔릴 때마다 새 책 한 권이 팔리지 않을 테니까.

취향은 집요해야 한다.

그렇게 알고 있다.

◇

여기까지 중·고등학생 교양도서《알기 쉬운 직업 이야기—소설가편》을 채웠는데 편집자 A의 전화가 걸려왔다. 나는 A를 싫어하지만 A가 있는 출판사에 헤헤 소설 출간을 검토해주시면 안 될까요 하면서 할 수 있는 한 최고의 비굴한 태도로 원고를 보낸 적이 있다. 다른 모든 출판사가 내 원고를 거절했다. 또는 분명히 수신확인이 되는데도 불구하고 답장도 주지 않았다.

A는 긍정적으로 검토하고 답변을 주겠다고 했기에 어쩔

수 없이, 전화를 받을 수밖에 없었다. 물론, 위 문장의 방점은 내 마음대로 찍었다. 언젠가부터 보고 싶은 것만 보이고 듣고 싶은 것만 들릴 때가 많았다.

근데 언제 보냈더라? 여름이었는데.

일 년 전인가, 이 년 전인가?

요즘은 시간이 너무 빨리 간다.

"요즘 바쁘지?"

"마감 중인데요."

"그래? 그럼 다음에……."

"거의 다 쳐냈어요."

첫째, 난 바쁘지 않다. 둘째, 내가 바쁘지 않은 건 A도 잘 안다. 셋째, 하지만 A는 늘 바쁘냐고 묻고 나는 뭐라도 쓰고 있는 척 한다.

연극영화과를 다니던 시절, 이런 화법을 구사하는 선배가 있었다. 선배는 일 년에 한 번쯤 전화를 걸어왔다. 돈 들어갈 일이 생길 때만 전화를 하는 우리 아버지와 비슷한 주기여서 늘 인상적이었다. 아버지처럼 선배도 절대 용건을 먼저 밝히는 법이 없었다. 딴소리를 늘어놓다가 요즘 돈 좀 있느냐고 물었다. 돈을 시간으로 바꾸면 아버지와 선배는 같았다. 이놈, 다시 태어나면 반드시 네 선배로 태어나리라. 그런데 다시 태어나도 아버지의 아버지로 태어나는 건 싫은데. 아, 모르겠다.

시간이야 늘 있지. 너한테 쓰고 싶은 시간만 없을 뿐.

하지만 혹시라도 일거리를 던져줄 가능성이 있는 선배의 전화를 피할 수는 없었다. 물론 대부분 고생만 실컷 하고 실제적인 도움은 안 되는 일이었지만, 누가 들어도 괜찮다고 할 일을 알선할 선배가 아니라는 것은 너무 잘 알았지만, 기대는 늘 기대할 수밖에 없는 법이다. 능구렁이는 용건을 쉽게 털어놓지 않았다. 당연히 바로 위에서 욕하던 선배와 A는 동일인물이다.

"여보세요? 어이, 김 작가?"

"네, 네네. 안 들리세요?"

통화상태가가가가가가 불불불불랑랑랑하하다고 대답하다가, A에게 이 더위에 건강하냐고 물었다. 그러고 보니 A는 다들 먹는 더위도 안 먹는 모양이다. 목소리에 활력이 아주 넘쳐서, 네네 대답만 하는 나조차도 신이 날 정도였다.

"너 제2외국어 뭐했지?"

"독일어를 했는데……. 대학교 때 스페인어 초급 과정을 듣기는 했죠."

"뭐 받았어?"

"어, 받긴 뭘 받아요?"

"학점."

이제 목에 성적증명서라도 걸고 다녀야 하나?

A는 만나서 이야기하자고, 마침 외근 중이라고, 이따 합정역 스타벅스에서 보자고 했다. 나는 무심코 집이라고, 아직 씻지도 않았다고 대답하려다가 조금 전 SNS에 노트북과 원고를 쌓아둔 사진을 올렸던 기억이, #마감 중 #합정역스타벅스 #책스타그램 #맞팔환영이라고 태그를 달았던 생각이 났다.

모름지기 소설가는 항상 치밀해야 한다.

그 사진은 언제 찍어둔 것인지 기억도 안 났다. 팔로워 관리를 위해 기회가 되면 사진을 찍어뒀다가 적당히 관심이 필요한 타이밍을 재서 올렸다. 좋아요는 한 자릿수였지만, A는 좋아요도 잘 눌러주지 않았다. 선배, 저는 정말 집인데요, 그 사진은 어, 그러니까, 왜냐면…….

시간이 없었다. 변명보다 뛰는 쪽이 편했다. 겨드랑이 양쪽을 맡아본 뒤 이만하면 굳이 샤워까지 할 필요는 없겠다며 튀어나갔다. A를 만나면서 상쾌할 필요는 없었다.

어차피 곧 불쾌해질 테니까.

첫 소설을 건넸을 때, "네 소설에는 문제가 있지만, 뭐, 열심히 해봐"라고 했던 A의 목소리는 잊히지가 않았다.

◇

"마감을 안 지키는 걸 자랑으로 여기질 않나. 한심하지 않아? 하루키도 마감을 지키는데."

A는 출판계가 불황이라느니, 누구는 순 엉터리고 곧 바닥이 보일 거라느니, 미국 드라마를 흉내만 냈느니, 그 책은 자신이 만들었다느니, 요즘 누구랑 친하냐느니, 자신은 누구를 잘 안다느니, 얼마 전에도 같이 술을 마셨느니, 얼마 전 유명 소설가의 결혼식에도 초대받아 갔다 왔다며 자랑을 했다. 나는 유명 소설가의 성품은 모르지만 A와 친하다는 점만으로도 그의 책을 중고서점에 팔아버려야겠다고 결심했다.

"도쿄에 좀 다녀와. 여기, 하루키 이메일 주소."

"하루키요?"

"왜, 옛날에 데뷔도 하기 전에 하루키 만난 적 있다고 했잖아?"

어디에 쓸지는 묻지 말고, 어떻게든 인터뷰를 해와라. 원한다면 인터뷰는 네 이름으로 내보내 주겠다. 어쩐지 너는 그런 일을 몰래 잘할 것 같다. 그냥, 근거는 없지만 느낌이 그렇다. 사이좋게 웃고 있는 사진도 찍어오면 좋겠다. 스마트폰으로 통화하는 척하면서 슬쩍, 몰래, 녹음도 하면 더 좋겠다. 왕복 비행기 표와 숙소는 출판사에서 감당하고, 밥값과 맥줏값 정도는 추후 처리해줄 생각이 있다고 했다. 돈이 되는 일은 아니지만 공짜여행 삼아 다녀올 생각이 있냐는 것인데, 이전까지 A가 했던 제안들을 생각하면 파격적인 조건이었다.

"머리 식히고, 인터뷰 따고, 출간은 다녀와서 생각하자. 좋지?"

도쿄에, 하루키라.

목까지 올라오는 터틀넥이 참 잘 어울리던, 전前 여자친구가 곧바로 생각날 수밖에 없다.

　나는 돌아오는 길 내내 휴대전화를 만지작거렸다.

#2

　편견이다. 저가 항공이라고 천천히 날지는 않는다. 저가 항공일수록 더 빨리 움직여야 한다. 천천히 날 자격은 대한항공에나 있다. 그래도 저가 항공의 비행시간은 유난히 지겨워서 나는 편견을 상상했다. 소설가의 장점은 언제 어디서나 상상을 할 수 있다는 것이다. 단점은 상상마저 곧 일이라서, 언제 어디서나 항상 피곤했다.

　도쿄는 두 번째다. 나도 다른 사람들처럼 첫 일본 여행 때는 오사카에 갔다. 가깝고, 관광지도 많고, 교토도 근처에 있고, 음식도 입에 맞고, 물가도 도쿄만큼 비싸지 않고, 어쩐지 기질도, 오사카는 어색하지 않았다. 오사카를 돌아다니는데 명절날 고향에 있는 것 같았다.

　도쿄는 서울과 비슷해서 새롭진 않아, 사람 사는 것 다 비슷해, 그냥 대도시야……. 비슷한데 뭐하러 일본 가서 돈 쓰니. 차라리 스페인에 가봐. 미국도 괜찮다, 너. 이런 말을 들으며 도쿄에 가기도 했다. 이런 말을 하는 사람은 오사카와 도쿄와 스페인, 미국 모두 다녀온 사람이었다. 그러니까, 본인은 모두 다녀왔다는 말을 하고 싶은 거였다. 물론, 여기서 말하는 본인도 A다. A는 지치지도 않고 만날 때마다 산티아고 순례 길을 자랑했는데, 지금 인생도 순례라고 대답하려다가 그만 뒀다.

나는 꿋꿋하게 오사카와 도쿄를 다녀온 뒤, 오사카에서 다코야키를 먹은 일을 굴려서 장편소설을 써낸 적이 있다. 그러니까, 그때의 나는 다 비슷하게 사는 걸 보고도 소설을 써낼수 있었다. 뻔하게 살더라도 중요한 건 약간의 차이에 있으니까. 요즘은 미슐랭에서 별 받은 집에 가도 맛있다는 생각 말고는 아무 영감도 떠올릴 수 없지만, 다코야키만 먹어도 맛있군, 정말 맛있어, 찹찹찹, 후루루룩 할 수 있던 때이기도 했다.

비록 다코야키 소설은 자비출판을 했지만, 천오백 권을 찍었는데 지금도 집에 천이백 권쯤 쌓여 있긴 하지만. 저게 다 신라면이었으면 어땠을까? 라면 박스라면 불우이웃이라도 도울 수 있지 않을까? 구립도서관에 신청을 했는데 반려를 당했다. 기증이라도 하겠다는 말에 담당자는 한숨만 쉬면서 글쎄요, 하고 딴청을 부렸다. 집에 있는 책을 슬쩍 도서관 책장 사이사이에 끼워두고 나왔다.

매일 한 권씩 끼워 넣었다. 어느 날, 관장이 부르더니 선생님, 이러시면 곤란하다고 했다.

◇

그녀와 처음 도쿄에 갔을 때는 100엔이 1,450원이었다. 환율보다 무서운 게 없었다. 도쿄의 자판기에서 코카콜라 한 캔을 뽑아 마시면 한국 돈으로 이천 원 가까이 들었다. 펩시라고 싸지도 않았다. 자판기 앞에서는 허리를 숙이고 두 손 모아 콜라를 집어 들었다. 꿀꺽, 한 모금에 칠백 원이 사라졌다. 도쿄 콜라 두 캔이 서울 짜장면 한 그릇이었다. 짜장면 생각을 하니 인천공항을 떠난 지 두 시간 반 만에 짜장면이 먹고 싶어졌다. 첫 도쿄 여행 때는 물가를 콜라로 환산하며 돌아다녔다.

여기까지 기억이 뒤섞인 상상을 마쳤을 때 승무원이 다가와서 깨웠다.

비행기에서 내리니 활주로였다. 아지랑이가 보였다. 왜 나리타공항에 오아시스가 있을까? 빨리 뛰지 않으면 다른 비행기에 치일 것 같았다. 한참을 걸어가며 기내에서 물이라도 줄 때 마실 걸 후회가 들었다. 대한항공을 탔으면 제대로 된 곳에 내렸겠지. 맥주라도 한잔 했겠지. 빌어먹을 자본주의, A, 출판사, 하루키, 나……. 돈 있는 놈들은 모두 엿이나 먹어라. 대한항공도 똑같이 여기 내려주면 좋겠다. 더워 죽겠네. 출입국사무소에 가려면 다시 셔틀을 타고 제1터미널로 가야 했다. 비행기에 내려서 출입국사무소 줄 서는 데에만 삼십 분이 걸렸다.

"여기는 직업을 써야 합니다. This is the Job."

"하지만 전 작가인데요? However, I'm Writer."

"뭐라고? What the f**k?"

"소설가……. So…… Sorry very sorry……. I……'m……."

거짓말이다. 출입국 사무소 직원은 내 얼굴을 쳐다보지도 않고 여권에 도장을 찍었다. 여권을 건네고, 지문을 찍고, 어색하게 얼굴 사진을 찍은 뒤, 직원은 기계적으로, 웃지도 않으면서, 좋은 여행을 하라고 말했고, 나는 아리가토라고 대답했다.

수화물을 기다리다 괜히 어색해져서 화장실에 가서 얼마 나오지도 않는 오줌을 누고 손만 씻다가 왔다. 8월 1일 서울은 39.6도였다. 8월 3일, 서울은 37.9도였고 의성은 39.6도였으며 도쿄는 34도라서, 도쿄가 시원하게 느껴졌다. 34, 35도면 딱 적당히 살 만한 여름 날씨가 맞겠지? 서울에는 오존주의보까지 내렸다. 1983년 8월 3일은 외우기도 쉬운 내 생일이었다. 태어나서 처음으로 엄마에게 미안해지는 더위였다. 언젠가, 비는 오겠지만, 그러나, 지금은 영원히 비 따위는 오지 않을 것 같았다. 8월이란, 서울이나 도쿄나, 이런 달이었다.

세관에서는 가방을 하나하나 열고 있었다. 앞앞앞사람과 앞앞사람의 짐을 검사하는데 마치 내가 범죄자가 된 기분이었다. 금괴를 밀수하지 마시오. 항문에 밀어 넣으면 금괴를 얼마나 가져올 수 있을까. 철수와 영희가 생물시간에 실험을 했는데—민수의 직장直腸의 길이를 구하시오라는 문제를 받아든 기분이었다. 마스크를 쓴 세관원은 나에게 빨리 지나가라는 손짓을 했다. 표정을 다 볼 수는 없었지만 분명 눈을 찌푸리고 있었다.

왜 항문을 보여 달라는 말은 안 하지? 황금 똥을 눌 수도 있는데.

습하고 더웠다. 이번 도쿄 여행에서 콜라는 천사백 원이었다. 100엔이 998원, 무언가 가만히 있었는데 나아진 기분이 들었다. 지하철 티켓을 샀다. 하루키라면 택시를 타거나 누가 마중 나왔겠지?

— *아니요. 뭐, 저는 지하철을 타는 것도 좋아합니다. 지하철에서는 X X X를 Y Y Y할 수 있으니까요.* (웃음)

◇

1999년이었다.

《상실의 시대》는 걸리면 걸리는 걸리버라는 휴대전화 광고에 등장했다. 휴대전화 이름을 걸리버 따위로 지어도 되는, 하루키나 스위프트 같은 소설가의 이름이 최첨단 기술에 이용이라도 될 수 있던 세기말이었다. 소설을 상업적 광고에 이용한다고 분개하는 사람도 있었다. 속으로는 화내는 사람을 이상하게 생각했다. 저 사람, 뭔가 문제가 있는 것 같은데? 88 서울올림픽이 열리던 해의 《노르웨이의 숲》은 입소문을 타고 천천히 팔렸지만 광고에 출연한 《상실의 시대》는 불티나게 팔려나가던 1999년이었다.

노르웨이건 핀란드건, 북유럽이 어디에 있는지도 몰랐다. 힐링이 유행하기 전이었다. 힐링이 조금만 더 일찍 유행했으면 《노르웨이의 숲》만으로도 충분했을 텐데. 뭐, 어느 쪽이 상실되어도 안타깝지도 않았다. 기억나는 건 나오코와 미도리뿐이니까. 조금 더 머리를 쥐어짜면 레이코 정도. 와타나베 따위는 없어도 무방한, 읽기만 해도 힐링이 되는 소설이었다.

중요한 건 "나는 사정했다"였다.

사실, 《상실의 시대》를 읽었던 건 야하다는 소문 때문이었다. 대학교에 입학하기 전까지 《상실의 시대》를 빼고 읽었던 소설은 무협지가 전부였다.

아니면 《해리포터》.

갑자기 조앤 K. 롤링도 부러워진다.

◇

어쨌든 하루키가 뒤늦게 노벨문학상을 받더라도 한국 교과서에 《상실의 시대》가 실릴 일은 없을 것 같다. 일본 작가겠다, 야한 장면도 있겠다, 무슨 말인지 설명할 수도 없고, 다른 소설도 널렸는데⋯⋯.[1]

나는 《상실의 시대》의 마지막 장을 덮고 나서 와타나베가 대체 무엇을 잃어버렸는지 궁금했다. 이미 시대는 상실된 지 오래였다. 잃어버렸다는 상실감마저도 사치 같은데. 번역하면서 제목을 잃어버렸나?

아, 하나는 틀림없다.

작가들은 자신이 좋아하는 것이라면 무턱대고 권하는 습관이 있다.

《상실의 시대》에서 기억나는 것을 하나 더 짜내면 피츠제럴드의 《위대한 개츠비》가 있다. 《위대한 개츠비》를 세 번 읽은 남자라면 친구가 될 수 있다는 말에 속았다. 막상 읽고 나서는 하루키가 피츠제럴드에게 권 당 인센티브나 스톡옵션을 받기로 한 건 아닐까 의심이 들었다. (주)피츠제럴드 재단에서 하루키에게 거액의 광고비를 지급하고 홍보용으로 《상실

---

1 그럼에도 불구하고 《상실의 시대》는 《은어낚시통신》과 함께 《문학》 교과서에서 조금 실린 적이 있다.

의 시대》를 쓰라고 한 것은 아닐까? '이 소설은 삼성엘지두산 롯데기아로부터 소정의 후원금을 받고 작성되었습니다'는 문구가 소설 뒤에 붙을 날은 올까?

그때부터였다. 소설가가 등장하는 소설, 소설에서 소설을 말하는 소설을 피하게 된 때가.

다 하루키 때문이다.

《위대한 개츠비》는 하루키의 안목을 심각하게 의심할 정도로 재미없었다.

2013년 디카프리오가 영화 〈위대한 개츠비〉의 주연을 맡았다고, 보러 가자는 그녀에게, 소설 《위대한 개츠비》도 거품이고 디카프리오는 그저 얼굴만 잘생긴 거품이라고 했다가 바로 헤어질 뻔했다. 《위대한 개츠비》에 대한 찬사를 늘어놓고, 〈블러드 다이아몬드〉의 휴머니즘을 찬양하는 반성문을 제출하고 나서야 용서를 받을 수 있었다.

두고 보자, 디카프리오.

왜 두고 볼 사람들은 늘어만 가지?

어쨌든 감상문을 반복해서 쓰다 보니 《위대한 개츠비》는 정말 위대해 보였다. 괜히 반성문을 쓰라는 게 아니다. 잃어버린 것을 그리워하는 사람들의 정서는, 잃어버릴 것을 가져본 적 없는 사람에게는 이해할 수 없는 것이었지만, 무엇보다 그녀를 잃어버리고 싶지는 않았다. 진부하지만 그녀를 만난 뒤에는, 그녀 없는 세상은 상상할 수가 없었다. 이미 나는 '그녀의 월드 She's World'에 입장한 뒤였다.

그러니까, 하루키를 만나야만 했다.

무라카미 하루키를.

참, 한글 프로그램에서 '무라카미'와 '하루키'는 둘 다 빨간 줄도 그이지 않는다. 디카프리오와 피츠제럴드도 마찬가지다.

참, 내 이름은 오타가 아닌데, 이름을 타이핑하면 한글에서는 빨간 줄이 생긴다. 바꿀 단어를 제시도 못하면서 빨간 줄이 생긴다. 개츠비는? 다행히 개츠비는 빨간 줄이 생긴다. 적어도 한글 프로그램에서만큼은, 나는 개츠비와 동격일 수 있다.

"몰랐어? 작가님 넌, 하루키 짝퉁이잖아. 하긴, 짝퉁이라도 하루키 짝퉁이라면, 하루키의 1/100쯤은 팔 텐데. 하긴, 그만큼만 팔아도 한국문학의 아이돌이겠네. 에이, 어쨌든 할 거지?"

왜 하필 내가 하루키 인터뷰를 해야 하냐고 물었을 때, A가 웃으며 대답했다.

나도 A에게 웃어줬다.

잊고 있지만, 하루키는 1949년생이고, 할아버지다. 일흔은 장수 축에도 못 낀다지만, 어쨌든 한국전쟁 이전에 태어난 사람이다. 하루키가 죽으면 일감 자체가 취소될까. A의 꿍꿍이는 알 수 없지만 노벨상 관련한 인터뷰가 아닐까? 그게 아니면 뭐지? 노벨상은 죽은 사람에게는 수여되지 않으니 하루키 입장에는 혹시라도, 만약에, 그렇다면, 아깝겠다.

아깝지.

물론 하루키는 그런 것 따위 관심 없다고 대답하겠지. 만약 이 인터뷰와 동시에 하루키가 사망한다면 나도 덩달아 주목받지 않을까. 하루키와의 마지막 만남에 대한 인터뷰 요청이 들어오면 뭐라고 하지?

아니다.

이건 기본의 문제였다. 상상은 할 수 있지만 말해서는 안 되는 무엇은 있다. 소설가가 등장하는 소설이 나쁜 것과 다르지 않았다. 하루키의 사진을 바라보며 잠시 사과했다. 하루키 씨, 꼭 오래 사시구요, 좋은 소설도 많이 쓰세요. 오래 마라톤을 뛸 수 있도록 기도할게요. 사과의 뜻에서 할 수 있다면 제 하루 수명을 나눠 드릴게요. 이렇게 팬들에게 하루씩 받으면 하루키는 죽지도 않겠네.

이왕 사과하는 김에 미안한 말을 하나 더 보태면 하루키는 정말 평범하게 생겼다. 서울에서도 하루키와 똑같이 생긴 아저씨를 하루에 여섯 번은 볼 수 있었다. 아무리 바라봐도 기억하기 어려웠다. 아무나 찍어서 하루키라고 우겨도 하루키 본인을 빼면 뭐가 이상한 줄도 모를걸. 하루키의 사진을 보고 있으면 소설가는 얼굴이 아니라 작품으로 승부해야 한다는 말에 고개를 끄덕일 수 있었다.

"그건 오빠 얼굴이 열린 결말이라서 그런 거 아냐?"

하루키의 얼굴을 기억해야만 했다. 하루키를 만나러 도쿄에 갔는데 하루키를 보고도 하루키인 줄 모른다면 얼마나 하루키스러운 일인가. 하루키가 나를 알아볼 가능성은 없으니까, 내가 하루키를 알아볼 수밖에 없겠고, 어쩐지 나는 하루키를 알아볼 안목이 없다는 게 이상하기도 했다. "나는 하루키를 보고도 하루키인 줄 몰랐다. 부끄러운 나머지 격렬하게 사정했다"라고 썼다가 지웠다. 하루키를 보고도 하루키하지 않기 위해 아껴둔 하루키의 나머지 소설들을 읽었다. 무라카미 하루키가 아니라 무라카미 류의 소설이 섞이기도 했는데, 부끄럽게도 마지막 장을 덮고 나서야 하루키 소설이 아닌 것을 알았다. 이 소설은 하루키가 아니야, 류야, 하면서도 손은 류의 소설을 더듬고 있었다.

그러게, 류를 만나는 편도 재미있을 것 같은데.

하긴, 하루키도 못 받는 노벨상이 류에게 주어질 리가 없지. 류는 아직 한국《문학》교과서에 실리지 못했으니까.

설마, 류가 노벨상을 받으면 어쩌지? 아무도 내 안목에는 관심이 없긴 하지만, 소설도 못 쓰는 게 안목은 더 형편없다는 말은 듣기 싫은데.

하루키는 좋겠다. 아직 노벨상은 못 받았지만 소설도 잘 팔리고 노벨상을 주느니 마느니 하는 성가신 소리도 듣고. 아니야, 나라면 짜증날 것 같은데, 노벨상을 받아도 작품성이 어쩌니 욕할 거면서 못 받는다고 빈정대고. 제발 짜증날 일이라도 생기면 좋겠다, 하루키는…….

— *재미있는 상상입니다. 뭐, 노벨상 수상 전날에 죽는다는 것은 유감이긴 하지만.*

◇

A에게 말한 건 진짜다. 나는 그녀와 함께 하루키를 만나 본 적이 있다.

환율력으로 1,450의 시절, 하라주쿠를 지나, 센다가야로 가던 길에서.

하지만 합정역에서 A와 헤어질 때부터 딴생각을 했다. A

의 말하는 모양이 애매모호했다. 굳이 하루키를 만나야 하나? 사진은 못 찍었다고 하면 그만이고, 하루키는 한국에 오지도 않고, 한글도 모를 텐데, 설마 들키겠어? 나중에 들키더라도 동업자니까, 눈감아주겠지. 대체 A는 무슨 꿍꿍이지?

생각이 너무 많다, 나는.

어쩔 수 없다. 만나면 좋고 만나지 못하면 그만이지. 비행기 표를 사기 칠 수는 없으니까, 도쿄까지 다녀오긴 다녀오자. 면세점 쇼핑이나 하지 뭐. 한 번 만난 적이 있으니 그때 기억에 살을 붙여서, 완전히 거짓말도 아니고, 인터뷰야 지어내면 되겠지.

이런 일, 한두 번 한 것도 아니니까.

◇

1,450의 시절.

하루키를 처음 만났을 때, 나는 하루키 소설을 읽은 것이 없었다. 읽은 적도 없으면서 그래도 하루키는 좀 아니지, 일본문학은 너무 개인적이고 감상적이야, 알맹이가 없잖아, 소설은 러시아가 최고지, 《카라마조프가의 형제들》은 이름부터 얼마나 멋있어. 아, 물론 카뮈나 보르헤스도 최고라고, 아무도 묻지 않는데 열심히 소리치고 다녔다.

그녀와 처음 도쿄에 왔을 때, 우리는 돈이 없었다. 센다가야에 숙소를 잡은 이유는 단순했다. 예전에 오사카에서 갔던 비즈니스호텔의 체인점이 도쿄에도 있었고, 오사카에서 묵었던 곳이 나쁘지 않았고, 도쿄 숙소를 찾다보니 같은 이름이 있으니까……. 이름값은 호텔을 정할 때도 중요했다. 센다가야가 어디인지도 모르지만 숙소를 예약했고, 하루 이틀 다니니까 주변 지리가 어렴풋하게 눈에 익었고, 어디에서나 어둑하면서도 철철컹컹하는 소리를 들을 수 있었고, 두 번만 지나다녀도 어쩐지 모를 친숙함이 들었다. 싸구려 호텔이었지만 손짓 발짓으로 짤막한 요구사항을 전달할 수도 있었다. 고장난 헤어드라이어에 대해 열심히 말하고 돌아오니 커피포트가 교체되어 있더라도, 뭔가 달라졌다는 점에서 신뢰할 수 있는 호텔이었다.

어쩌다 들어간 술집에서 하루키는 보드카 토닉을 마시고 있었다.

"오빠, 저 사람 하루키야."

"설마?"

"왜?"

"구사카베 하루키가 현실에 있을 수는 없잖아."

"구사카베가 누군데?"

"〈기동전함 나데시코〉 이야기하는 거 아니야? '그것은 인류의 미래를 위해!'"

"시끄러워. 무라카미 하루키라니까."

"도쿄라고 하루키라니, 춘천이면 다 김유정이야? 그래서 말인데, 우리 성례는 언제……."

그녀가 하루키를 알아보는 것이나 내가 하루키를 모를 거라고 생각하는 것이나 둘 다 마음에 들지 않았다.

물론 하루키라는 말에 구사카베 하루키부터 떠올린 것도 맞지만.

도쿄였다. 하루키는 계속 이상한 제목의 소설을 내고 있고, 건강에 심각한 문제가 생기지 않는 한 앞으로도 몇 권의 책을 더 낼 기세였다. 하루키는 도쿄에 산다고 알려져 있다. 여기는 센다가야 근처다. 하루키가 혼자 술을 마시고 있다고 해서 말이 안 될 것은 없었다. 하루키라고 비싼 곳에서만 술을 마시거나, 혼자 집에서 마실 리는 없으니까.

하지만 도쿄에서 혼자 술 마시는 중년이라고 하루키라니. 차라리 8월이니까 코믹마켓 나쓰코미에 코스프레 참가를 즐기는 취향이 있는 중년이 하루키 코스프레를 마친 뒤 술을 마시고 있다고 하는 편이 도쿄에서는 그럴싸하지 않을까.

"내기할래?"

"얼마?"

"콜라 열 캔."

그녀에게는 한 모금도 주지 않을 작정이었다. 구사카베 하루키의 "더 이상 말은 필요 없다. 너는 네가 믿는 길을 가라. 그 열혈과 함께 말이다!"를 외치고, 나는 자리에서 일어섰다.

◇

그녀는 자신이 질 확률이 조금이라도 있는 내기는 절대 하지 않았다. 그녀가 내기를 하자는 건, 백 퍼센트 확신이 있다는 뜻이었다.

그녀가, 하루키가 맞았다.

아니라고 반박할 근거가 없었다. 가방 안에서 《1Q84》 BOOK1, BOOK2를 꺼내 사인을 해서 줬으니까. 하루키는 아니지만 하루키를 닮은 하루키스러운 사람이 《1Q84》를 두 권이나 들고 다니다가 술집에서 사인을 해서 주는 우연의 일 치는 있을 수가 없고, 책은 더럽게 무거웠다. 무게감은 실재 했다. 어쩐지 멋있었고, 나중에 소설가가 되면 꼭 따라하겠다 고 다짐했는데, 다코야키 소설책을 쌓아놓고 여섯 시간 동안 맥주를 마셨는데 말 한번 걸어오는 사람도 없었다. 단골 술집 주인조차 나를 모른 척했다.

우리는 하루키와 합석했다. 하루키는 커티삭을 마시며 재 즈를 듣고 싶다고 했다. 택시를 타고 고쿠분 지역 남쪽 출구 근처의 재즈바 '피터캣'에 갔다. 피터캣에는 핀볼 게임기가 있었다. 공짜도 아니고, 한 게임에 콜라 몇 캔을 먹어치우는 게임기였다. 친절한 하루키는 그녀에게 핀볼의 요령을 친절 하게 알려주었다. 돈도 직접 넣어줬다.

하루키는 위스키를 잘 알았고, 재즈는 더 잘 알았고, 핀볼 게임은 죽었다 깨도 하루키를 이길 수 없었다. 그녀는 하필이 면 더 예뻐 보였고, 나는 그날 엉망으로 취했고, 안주로 먹은 양배추롤을 전부 토했다.

다음 날부터 나는 여행 내내 짜증을 냈다. 귀국한 뒤 한참 후 그녀가 서로의 시간을 갖자고 했을 때, 《1973년의 핀볼》을

읽으며 하루키가 왜 핀볼 게임이 있는 재즈바로 우리를 데려 갔는지 알 수 있을 것 같았다.[2]

어쨌든 그날 하루키를 만났지만 이번 도쿄 여행 때 하루 키를 만난다는 보장은 없었다.

지금은 1,450이 아니니까.

그녀는 이미 결혼했다.

하루키는 어쨌든 친절했다.

#4

이번 인터뷰 여행도 센다가야에 있는 호텔을 잡았다. 지난 번처럼 하라주쿠에 갔다가 걸어서 돌아왔다. 다른 것은 혼자 라는 것과 환율밖에 없었다. 하루키를 만났던 선술집을 찾아 갔다. 일본어도 읽을 줄 모르고, 밤중에 한 번 갔던 것이 전부 였지만, 초등학교를 지나 파출소 근처에 있었던 술집이라는

---

2 소설 속 핀볼의 최고 기록은 1,650,000이다. 소설 속에서 주인공은 이런 질문 을 받는다.
"게임 안 해요?" 그녀가 묻는다. "안 해"라고 나는 대답한다. "왜죠?" "16만 5천 이 내 최고 스코어였어. 기억하고 있나?" "물론 기억하고 있죠. 나의 최고 스코 어이기도 했으니까." "그 숫자를 더럽히고 싶지 않아"라고 나는 말했다.
나는 이 부분을 읽으며 엉엉 울며 밑줄을 그은 뒤 그녀에게 가서 잘못했다고 빌었다. 그녀는 눈물 때문에 밑줄이 번진 걸 보고 웃었다. 그러나 반성문은 면 제시켜주지 않았다.

것은 기억났다.

있었다.

주인장과 아르바이트생마저 그대로인 것 같았다. 입구에 비둘기들이 구구거리며 양배추를 쪼아 먹고 있었다.

한참 앉아 있었지만 당연히 하루키는 오지 않았다.

하루키를 닮은 중년 아저씨조차 당연히 보이지 않았다.

코스프레 기간이 아닐 수도 있었다.

혼자 마시니 술기운이 반 박자 빠르게 돌았다. 한 박자 빠르게 선술집을 나왔다. 반 박자에 한 박자를 더하면……. 숙소로 걸어가면서 술집이 보이면 죄다 들어가 하루키를 찾았다. 술도 깰 겸 한참을 걸었는데, 첫 도쿄 여행 때 갔던 재즈바 피터캣이 보였다.

거짓말이겠지.

피터캣이라니. 여기.

하지만, 환상의 세계에는, 들어가야지.

가서 웬디를 찾아야지.

당연하게도, 피터캣 안에는 하루키가 위스키를 마시고 있었다. 하루키는 조금도 늙지 않았고, 오히려 젊어진 것 같았고, 눈을 감고 위스키를 음미하는 모습마저 똑같았다. 나는 하루키를 만나서 당황했다. 아까 술을 너무 빨리 퍼마셨나?

정답은 맞혔는데 뭘 찍어서 맞힌 것인지 모르는 것과 같았다. 그래도 하루키 옆에 앉았다. 어딘가에서 버터 냄새가 났다. 하루키는 나를 보며 싱긋 웃었고, 웃고 나서는 무표정한 얼굴로 묵묵히 위스키만 마셨다. 바텐더에게 같은 것으로 달라는 손짓을 허우적거리며 보냈다. 도쿄의 바텐더는 손짓만으로도 하루키와 같은 위스키를 가져다주었는데, 주문하고 나니까 하루키의 입맛과 계산서가 무서워졌다. 하루키에게 적당한 수준은, 나에게는 최상급일 수도 있으니까. 죽어도 A는 이 영수증을 처리해줄 리 없었다. 등에 날개가 달린 네 마리의 고양이가 그려져 있는 코스터 위에 위스키 잔이 놓였다.

뭐라도 말해야만 할 것 같았다.

뭐라도 말해야만 할 것 같을 때는 침묵하는 편이 옳겠지만.

"소설이 영어로, 뭐죠? Do you know Novel? Nobel?"

내 영어 실력은 코카콜라의 철자를 간신히 틀리지 않고 쓸 수 있는 게 전부였다. 실력이라기보다 수준이라는 말이 어울렸다. 틀리고도 잘못된 줄 모르는 수준. 하루키가 담배 한 모금에 무슨 말을 한 마디쯤 중얼거린 말을, 나는 일본어인지 영어인지조차도 헷갈렸다.

하루키는 담뱃갑을 들어보였다. 나는 담배를 피울 줄 몰랐지만 한 개비를 뽑았다.

취미가 금연이라더니.

하루키가 담배를 세 대쯤 피우고 났을 때, 나는 용기를 냈다.

"이거, 좀. Light, Please."

"라이트 Write……."

마음대로 해석하기로 마음먹었다. 피터캣에서는 모두 담배를 물고 있었다. 담배를 피우지 않는 사람이 더 이상했다. 비흡연자는 출입금지인가? 담배를 한 모금 빨며 라이트와 롸잇의 발음을 고민했다.

Light, Write, Right.

그녀의 통역이 그리웠다. 같이 왔으면 좋았을 텐데.

통역은 핑계다. 그녀가 보고 싶었다.

말을 주고받는 시간보다 담배를 나누는 시간이 길었다. 내 어학실력은 담배보다 짧았다. 하루키는 말이 적었다. 술기운과, 당황과, 실례 때문에 하루키의 말을 더 알아듣기 버거웠다. 바텐더는 하루키 앞에 생두부와 달콤한 냄새가 나는 소스를 두고 갔다. 하루키가 무슨 말이라도 해주기를 바랐다. 채소의 기분에 대해서라거나. 피츠제럴드의 모교, 프린스턴에 체

류했던 이야기라거나. 마라톤의 요령에 관해서라거나.

하루키와 마주 앉았던 건 십오 분 정도였다. 말을 하는 시간보다 담배를 물고 있는 시간이 더 길었다. 그러다, 하루키와 구분할 수 없을 만큼 닮은 어떤 중년 남성이 돌아와서 나를 보고 어색하게 웃길래, 나도 모르게 쓰미마셍, 나이스 투 미츄라고 했다.

하루키는 미소를 짓고는 잔을 들고 일어나며 말했다.

"아픔은 피할 수 있지만, 고통은 선택하기에 달렸습니다. Pain is inevitable, Suffering is optional."

스마트폰 녹음은 엉망이었다. 비치 보이스의 〈서핑 유에스에이Surfin' U.S.A.〉만 녹음되어 있었다. 엉망으로 녹음된 노래는 마치 LP판 소리 같았다.

어떻게 알아들었을까.

나도 궁금하다.

#5

하루키는 정확하게 자신이 마신 술값만 내고 갔다.

새로 나온 소설도 주지 않았다.

정신을 차렸을 때, 술집에는 당연한 사실처럼 아무도 없었다. 나는 마지막으로 남은 손님이었다. 길에도 아무도 없었다.

지갑에 남은 지폐를 탈탈 털고 카드로도 얼마쯤 긁고 나서 정신을 차려보니 어느 전철 밑에 서 있었다. 그냥 처음부터 카드로 긁을걸. 여기서 방향을 알 수는 없었다. 이쪽이건 저쪽이건, 길은 길이고……. 스마트폰 배터리도 없어서 지도도 볼 수 없었다. 자신이 마신 술값은 스스로 내는 것이 맞지……. 안 내는 사람이 문제지……. 자신이 볼 책은 사서 봐야 맞지……. 머리를 흔들면서 걸어갔다. 유난히 머리가 무거웠다. 얼마나 위스키를 들이부었는지 기억도 나지 않았다. 신기하게도 숙소로 돌아왔다. 생수를 들이붓는데 목구멍이 따끔거렸다. 점막이 물을 흡수하는 소리가 들렸다.

믿지 않을 줄 안다. 양심상, 하루키를 우연히 두 번이나 만났다고 우길 수는 없다. 스마트폰에는 무엇을 찍었는지 알 수도 없는 엉망으로 흔들린 심령사진만 있었다. 아이폰을 사야 했었는데.

술병이 나서 호텔에서 뒹굴거리다가, 간신히 기어나가 스타벅스에서 아이스라테를 간신히 주문하고, 간신히 원고를 썼다. A가 믿을 리 없는 이야기를 믿을 만하게 다듬었다.

도쿄에 가기 전부터 이미 절반 이상 써 둔 원고였다. 여행 출발 전에 쓴 내용과 어제 기억을 뒤섞으니 적당히 그럴싸해졌다. 거의 다 쓰고 나서 몇 군데 세부항목을 점검하면서 이상한 걸 알았다.

어라.

수정하기 어려운 착오가 생겼다. 센다가야에서 피터캣은 걸어서 다섯 시간이 넘었다. 울트라 마라톤을 해도 내 기록으로는 갈 수 없었다.

이걸 어떻게 누구에게 납득시키지?

◇

돌아오는 날, 지브리 미술관에 갔다. 꼭 사야할 것이 있었다.

미야자키 하야오 감독의 흔적을 살피는 일도 뭔가 다음 소설에 도움이 될 것 같았다.

첫 번째 우연도 아무도 안 믿을 텐데 두 번째 우연까지 겹치니 더 설득력이 떨어지겠지만 지브리 미술관에서 또 하루키를 봤다. 두 번의 우연을 믿는다면 이것도 믿어줄 것이다.

한 번의 우연도 믿지 않는다면 이거라도 믿어주면 안 될까.

당신이, 안 믿을 줄 알았다.

나도, 안 믿긴다.

사실을 말하면서도 이게 왜 거짓인가, 왜 나는 부끄러워해야 하는가를 걱정하고 있다. 진짠데. 거짓말이 아닌데.

지브리 미술관은 도쿄 인근 이노카시라 공원에 있다. 미야자키 하야오의 영화는 그녀 때문에 몇 편 봤다. 그녀는 〈센과 치히로의 행방불명〉을, 미야자키 하야오를 좋아했다. 〈이웃집 토토로〉를 열다섯 번이나 봤다고 했다. 1,450 때는 지브리 미술관 입장 티켓을 한 달 전에 예매해야 하는 것을 몰랐고, 그녀는 울면서 귀국했다. 그게 지금까지 마음에 걸렸다. 이번에는 반드시 지브리 미술관에 다녀와야만 했다.

그녀와 약속했으니까.

지하철역에서 미술관까지 걸어가는 길이 좋았다. 길이 좋다는 말을 어떻게 글로 쓰면 좋을까 고민했다. 조용하고, 아침이었고, 길에는 사람이 적었고, 주택가였고, 이곳은 도쿄인 것 같았고, 이곳은 아무 곳도 아닌 것 같았고, 좋았다. 지브리 미술관은 갑자기 떠오르듯 눈앞에 있었다.

"안녕하세요? Good Morning, Nobel Man. I love N. o. v. e. l."

기념품 가게에서 선물을 고르고 있는데 하루키가 웃으며 지나갔다. 떠나기 전에 들른 지브리 미술관에서 하루키를 다시 만나다니.

도쿄에는 두 개의 달이 뜨려나.

크고 노란 달과 작고 초록빛 나는 달이.

하루키는 안쪽으로 돌아갔다. 뒤따라가니 하루키는 미야자키 하야오의 원고를 유심히 바라보고 있었다. 하루키는 무슨 상상을 하고 있을까. 원고를 넘기는 하루키를 빤히 쳐다봤다. 하루키는 그림 속에 빨려 들어갈 것처럼 원고를 마주하고 있었다.

오후 비행기를 타야 했으므로 하루키를 보면서도 하루키에게 말을 걸 수 없었다. 말을 걸 자신도 없었고, 어쩐지 말을 걸지 않아야 할 것 같았다. 나는 야외정원으로 나갔다. 거대한 깡통 로봇이 나를 내려다보고 있었다. 그녀와 함께 봤던, 미야자키 하야오의 NHK 다큐멘터리가 생각났다. 미야자키 하야오는 자신의 아들 미야자키 고로의 데뷔작 시사회 도중 참지 못하고 밖으로 나가버렸다. 어쩐지 거대한 깡통 로봇이 거대한 담배를 피면서 "기분으로 영화를 만들면 안 된다"고, "어른이 안 됐어. 그뿐이야. 한 편 만들었으니 됐잖아. 그걸로 이제 그만두는 편이 좋아"라고 NHK 디렉터에게 말하는 상상이 들었다. 깡통 로봇 앞에서 사진을 찍고 입구에 맡겨둔 캐리어를 찾았다.

나리타공항은 출국하는 곳도 작았다. 면세점에서 로이스 초콜릿을 샀다. 남은 엔화를 털어서 로이스 초콜릿을 사자 현실감이 들었다. 도쿄 바나나도 하나 샀다. 또 일본에, 도쿄에 오겠지만, 두 번 다시 오지 않을 사람처럼 남은 돈을 털었다. 기내에서 목마름을 참고 원고를 어떻게든 말이 되게 만들다가 내렸다.

인천공항에 도착하자마자 A의 전화가 걸려왔다. 나는 A의 전화는 통화버튼을 누르자마자 끊어버리고 그녀에게 전화를 걸었다.

"샀어?"

"응, 근데 나, 누굴 만난 지 알아?"

"오빠, 기억 안 나는구나? 취해서 전화로 다 이야기했잖아."

1,450의 그녀는 이미 결혼했다. 지난달에, 나와 함께. 토토로 오르골을 샀으니 도쿄 여행은 확실한 의미가 있었다.

나는 A의 수상한 용건을 듣자마자 달콤한 단편소설을 하나 썼다. 그리고 그녀에게 결혼선물로 건넸다.

언젠가 이 소설이 출판된다면, 그 원고료를 너에게 줄게.

그녀는 얼마면 되냐고, 그냥 자신이 〈프러포즈〉를 사겠다고 했다. 나는 속으로 그럼 원고료를 두 번 챙길 수 있겠다고 좋아했다.

물론 결혼은 아홉 달 전부터 준비하고 있었다. 요즘 프러포즈는, 진짜 청혼을 할 때 하는 게 아니니까.

어디서 시원한 바람이 불어왔다. 가을이 일찍 오려나.

"여보세요? 어이, 김 작가?"

수화물을 기다리면서 A에게 전화를 걸었다. 인터뷰 원고는 인천공항 출국장 무빙벨트 근처 쓰레기통에 있으니 보고 싶으면, 알아서 찾아가라고 했다. 취향은 존중받을 수밖에 없는 것이다. 나도 사소한 취향이 있다니까. 그렇게 알고 있다니까.

그것은 인류의 미래를 위해!

리의 여정

リーの旅路

—무난하거나 무사하거나

無難な者の無事なる一日

김민정

김민정

서울에서 태어나 1990년대에 일본에
왔다. 게이오대학교를 졸업하고 기자
및 방송제작 현장에서 활동한 후, 15년
이상 KBS일본통신원으로 일본 정보를
전달하고 있다. 〈엄마, 미안해〉로 2009
년 재외동포문학상 소설 부문 우수상을
수상했다. 에세이에 《엄마의 도쿄 a little
about my mother》 등이 있다. 옮긴 책으로
《오키나와에서 헌책방을 열었습니다》
《시부야 구석의 채식 식당》이 있다. 《소
설 도쿄》에서 일본어로 쓰인 〈불가사의
한 공간〉 〈소프트보일드〉 〈사주팔자〉를
한국어로 옮겼다.

6:30 a.m.

리는 세면대 위에 왼쪽 다리를 올리고, 면도를 시작한다. 샤워를 하면서 정리를 하기엔 시간이 촉박하다. 옷을 모두 벗고 욕실에 들어갈 생각을 하니 귀찮기도 했다.

리의 욕실은 세면장과 욕실이 나뉘어 있다. 욕실에는 리가 다리를 간신히 펼 수 있는 크기의 욕조가 놓여 있고, 샤워기가 달려 있다. 세면대는 세면장에 별도로 위치해 있고, 세면대 맞은편에는 세탁기 놓는 자리가 있다. 화장실은 건식으로, 거실 쪽이다. 좁은 집 안에 세면장, 화장실, 욕실이 모두 따로 공간을 차지하고 있으니 집이 더 좁게 느껴질 수밖에 없다. 리는 모든 게 하나로 묶인 한국의 욕실이 때론 그리웠다. 하지만 한국에 갈 때면 일본의 따뜻하고 아늑한 건식 화장실이 그리웠다. 세면장에는 작은 창문이 하나 달려 있다. 6층 리의 방에서 창을 열면, 30센티도 떨어지지 않은 곳에 아파트가 있다. 손을 뻗으면 닿을 듯한 거리다. 도쿄에서 조망권은 보장되지 않는다. 어디를 가봐도 집들이 다닥다닥 붙어 있다. 지진 때문인지 고층 아파트가 거의 없는 이곳은, 낮고 좁은 집들이 숨도 못 쉴 것처럼 바싹 붙어 서로를 경계한다. 오로지 계절마다 바뀌는 바람의 강도와 차가움만이 계절을 가늠하게 할 따름이다.

세면장은 한 평이 조금 넘을까, 세면대 거울로 세탁기가 보이며, 세탁기 안쪽이 욕실이다. 세탁기도 욕실도 평범했다. 잡지에나 나오는 세련된 도쿄의 자립한 일인 가구 따위 리와는 관계가 멀었다. 마흔이 코앞인 리의 다리엔 1센티쯤 자란 털들이 듬성듬성 줄지어 있다. 비누를 적당히 칠하고 면도날을 아래서 위로 쓸어올리는 고전적인 방법이 면도다.

리는 스커트를 즐겨 입지 않는다. 제모가 귀찮기 때문이다. 리는 주로 그녀의 연인 또는 연인들을 만나는 날에 제모를 한다. 그러나 그녀의 연인 또는 연인들은 하나같이 자신들의 제모엔 관심이 없다. 남자는 왜 다리털을 밀어 없애지 않을까? 리는 문득 궁금해진다.

휴대폰이 부르르 떨린다.

―미역국은 먹었니? 꼭 챙겨 먹어. 엄마는 성당에 다녀오
는 길이야.

　서른아홉 생일날 아침, 신주쿠교엔이 내려다보이는 원룸
에서 리가 가장 먼저 한 일은 미역국을 끓이는 일이 아니라,
다리털을 제모하는 일이었다. 리는 그것이 그녀가 잠자리를
함께할지도 모를 누군가에 대한 예의라고 생각한다. 리는 자
신이 개념녀이길 바란다. 적어도 제모에 관해서는 말이다. 리
는 일에서도 침대 위에서도 자기주장을 굽히지 않지만, 제모
에 대해서는 그녀의 의사를 관철하지 못하고 늘 이렇게 귀찮
은 표정으로 사회의 법칙을 따르기로 한다. 다수가 그럴 것이
라고 정당화하면서.
　리는 그녀의 연인 또는 연인들이 그녀의 다리를 혀로 또
는 손끝으로 쓸어올리다가 또는 쓸어내리다가 우연히 발견한
다리털에 놀라지 않기를 진심으로 바란다. 면도날을 쓸어올
리며 리는 알이 통통하게 밴 자신의 종아리를 내려다본다. 리
는 '종아리알'이라는 단어를 혐오한다. '알이 배다'는 표현은
더욱 그렇다. 대체 무슨 수로 종아리가 알을 밸 수 있단 말인
가? 그저 근육이 무리하게 커진 후, 지방이 붙었을 뿐이다.
　저명한 모 일본인 작가는 종아리에 알이 밴 여자를 향해
'자위를 많이 한 다리'라고 서술하고 있다. 리는 고교 시절, 그

부분을 읽고 소스라치게 놀랐던 자신을 기억한다. 리가 스커트를 주저하는 이유는 그 시절에 느낀 수치심 때문인지도 모른다. 알이 밴 원인은 높다란 학교 언덕이라는 데 눈곱만큼의 의심도 품지 않았던 리는 그날 자신의 종아리를 수십 번은 더 내려다보았다.

서른아홉의 리에겐 쏠쏠한 감정만 남아 있을 따름이다. 리는 '그럴 리가!'라며 피식 웃는다. 자위를 많이 한 다리 같은 건 존재하지 않는다고 말하기까지, 무려 20년 이상의 시간이 필요했다는 것을 리는 자각한다. 만일에 그런 연구 결과가 혹여 존재한다 한들 리는 눈 하나 깜빡하지 않을 셈이다. 리는 자신의 다리 모양이 마음에 들지 않지만, 자신의 다리가 굵어진 원인에 대해 더 이상 뚱딴지같은 소리들을 두려워하지 않기로 했다. 만일에 자위를 많이 한 다리가 있다면 또 어떨까. 만일 그렇다 하더라도 리는 평정심을 유지할 생각이다. 아무 잘못도 하지 않았다고 자신하기 때문에.

리는 깔끔하게 씻은 면도날을 투명한 케이스 안에 넣는다. 다리 영구 제모를 생각해보지 않은 것은 아니다. 비단 여자라는 이유만으로 제모를 강요받는 일은 달갑지 않았다. 그럼에도 리는 연인 또는 연인들을 만날 때 오늘처럼 반드시 제모를 했다. 영구 제모는 겨드랑이 선에서 마무리했다. 리는 사회가 여성에게 바라는 여성스러움과 겨드랑이 선에서 타협했다.

리의 여정

리는 다리는 물론이고 팔과 손등의 털까지 깔끔히 제거한 회사 동료, 사에를 떠올린다.

"얼마나 편한데. 매일 미는 거, 참 귀찮지 않아? 시간 절약이야."

며칠 전, 사에는 제모가 귀찮다는 리에게 자신의 늘씬한 팔다리를 드러내 보이며 별것도 아닌 일을 미뤄서 어쩌겠느냐고 핀잔을 주었다.

"나는 괜찮아."

리는 애매하게 답한 자신을 떠올린다.

얼마 전 티브이에 나온 한 아이돌은 잘생긴 배우가 옆자리에 앉게 되자, 대기실에서 황급히 그 배우 쪽에서 보이는 팔만 제모를 했다고 밝혔다.

대체 이 시대의 여성들은 누구를 위해 제모를 하는 걸까? 팔에 털이 나 있는 게 그렇게도 혐오스러운 일일까?

"털이 많아야 미인이다."

어린 시절 리의 엄마는 말했다.

"너는 털이 많아서 미인이야."

엄마는 꼭 그렇게 덧붙였다. 털의 양으로 미모가 결정된다는 얘기는 아닐 것이다. 체모의 양조차 여성의 미모를 재단하는 수단이었을 것이라고 서른아홉의 리는 생각한다.

리는 털이 많았다. 머리숱도 많았고, 눈썹도 그랬고, 음모도 그러했다. 일주일에 한 번은 일자 눈썹을 관리해야 했다. 더불어 배 위까지 올라오려는 음모도 관리 대상이었다. 음모는 아예 없는 편이 더 나았지만, 자신의 성기가 다 드러나는 일은 유쾌하지 않았다. 한때 어떤 남성들은 여성을 자신만의 소유로 삼기 위해 음모를 없애기도 했다고 한다. 모두 리의 엄마에게서 들은 얘기다.

리의 엄마는 항암 치료를 할 때 부끄러운 듯 "이젠 거기 털도 다 빠졌다"며 한숨을 쉬었다. "음모가 없는 여자를 만난 남자는 3년간 재수가 없다는데……." 리의 엄마는 우울한 표정이었다. "엄마, 브라질리언 왁싱이라고 알아?"라고 했다가 리는 피식 웃었다. 리의 엄마는 음모가 사라진 후 목욕탕에 한 번도 가지 않았다.

엄마의 암 치료가 일단 끝난 후에도 '재수 없는 여자'라는 단어는 리의 머릿속에서 지워지지 않았다. 음모가 없으면 재수 없는 여자가 된다는 걸 모르는 이들이 얼마나 많은지, 매일 아침 리의 스팸메일 통에는 음모 제모를 권유하는 메일들이 수북이 쌓여 있었다. 음모가 없는 남자와 잠자리를 함께해도 3년간 재수가 없을까? 그런 소문이 있기나 한 걸까? 리는 조금 궁금해졌다. 리는 궁금했지만 검색창에 '남자', '음모', '제모'라고 치는 무모함을 저지를 생각은 없다. 그 앞에 벌어질 일은 상상해보지 않아도 명백했기 때문이다.

금요일 아침이다. 빗방울이 창으로 들이친다. 리는 창문을 닫을 생각도 하지 않고 창밖을 바라보다가 비가 들이쳐도 걱정없도록 창가에 타월을 두른다. 스피커에선 비와 어울리지 않게 마키하라 노리유키[1]가 발랄하게 노래한다.

"돈나 도키모 돈나 도키모 마요이 쓰즈케루 히비가……."

이렇게 오래된 노래를 아직도 트네.

리는 흥얼거렸다.

8:03 a.m.

리는 51분 버스를 놓치고 3분 버스에 올랐다. 버스는 늘 5분쯤 늦는 편인데 길도 막히지 않으며, 운이 좋으면 앉아서 갈 수도 있고 전철처럼 붐비지도 않았다. 도쿄 시민들의 발은 '전철'이다. 이 도시에서 '버스'는 고령자를 위한 교통수단이다. 조금 늦어도 되는 사람들을 위한. 리는 버스가 좋았다. 창밖으로 보이는 풍경이 좋았다. 옅게 단풍이 들기 시작한 길거리를 느리게 달리는 버스에 앉아 휴대폰을 만지작거린다.

---

1 槇原敬之. 1969년 오사카 출생의 싱어송라이터. 1990년에 데뷔한 후 1992년에 발표한 〈돈나 도키모(どんなときも / 어떤 때라도)〉라는 곡이 그해 골든디스크상을 수상하며, 스타덤에 올랐다. 일본 아이돌 그룹, SMAP에게 〈세카이니 히토 쓰다케노 하나(世界にひとつだけの花 / 세상에서 하나뿐인 꽃)〉를 작곡해주어 화제를 모았다. 여전히 현역 가수로서 왕성한 활동 중이다.

―엄마, 출근부터 하고 미역국은 저녁에 먹을게.

리는 미역국을 끓이지 않을 것이다. 리는 빠듯한 하루가 될 것에 만족해하며 안도의 한숨을 내쉰다.

"돈나 도키모 돈나 도키모."

노랫소리가 들려온다. 노랫소리가 점점 커진다. 리는 슬쩍 뒤를 돌아본다. 가끔 테오가 노래방에서 부르던 노래를 맨 뒷좌석에 앉은 호리호리한 청년이 이어폰을 낀 채 열창하고 있다. 저 청년도 아침 라디오를 들었던 것일까. 뒤를 돌아본 사람은 리 혼자였다. 다른 사람들은 아무도 뒤를 돌아보지 않았지만 여간 신경이 쓰이는 눈치가 아니다.

도쿄는 한마디로 정의하면 '조용한' 도시다. 버스나 전철에서 전화를 받는 이는 드물다. 하물며 버스 안에서 열창이라니! 청년은 무척 기분이 좋아 보인다.

"돈나 도키모 돈나 도키모."

그는 열창한다. 같은 가사를 반복한다. 그는 파렴치한 치한도 아니고 어처구니없는 묻지 마 폭력범도 아니다. 그렇게 노래만 하는 거라면 차라리 다행이라고 리는 생각한다. 어쩌다 청년 주변의 자리를 차지한 모든 이들이 그나마 다행이라고 생각하며 정류장에 얼른 도착하기만을 빌고 있을 것이다.

일본에선 아무도 길거리에서 노래를 흥얼거리지 않는다.

리의 여정

홍도 시와 때를 가려야 한다. 마쓰리[2]와 노래방이 없었다면 평생 노래 한 곡 큰 소리로 불러보지 못한 채 생을 마감했을 이들이 수두룩하다. '눈에 띄어선 안 된다'는 암묵의 룰이 이 도시를 평정했다. 그렇다고 해서 눈에 띄는 이를 제지하는 이도 없다는 것이 가장 무서운 점이다. 어느 누구도 돌발행동을 제지하지 않는다. 그리고 돌발행동을 한 이들은 마치 감시라도 하듯 각인되어, 다음번엔 퇴출당할 뿐이다. 옐로카드 없는 레드카드의 삶이 이 도시에선 당연한 듯 행해지고 있다. 도쿄에선 누군가와 다른 것이 딱히 긍정적인 의미로만 작용하지 않는 까닭이다. 도쿄 사람들은 늘 최악을 생각한다. 행여 심각한 재해에 당면했을 때 혼자만 적으로 간주되어 구출되지 못할지도 모른다는. 최악의 경우엔 악마로 낙인 찍혀 죽음으로 내몰릴지 모른다는. 평생을 지진에 시달리다 보면 그렇게 된다. 평범하게 산다는 것은, 도쿄에선 미운털 박히지 않는다는 의미다. 최악의 상황을 대대로 상상해온 시민들로 이루어진 도쿄는 자연적으로 조용한 도시가 될 수밖에 없다. 무난한 사람만이 무사할 수 있다.

리의 옆자리에 앉아 있던 중년 남성은 신문만 주시하고 있고, 리의 주변인들은 모두 휴대폰만 뚫어져라 바라보고 있다.

---

2 まつり, 일본의 전통 축제. 일본에서는 매달 각 지역마다 그 특성을 살린 마쓰리가 열린다.

"돈나 도키모 돈나 도키모 보쿠가 보쿠라시쿠."

어떤 때라도 내가 나다울 수 있기를. 청년은 그렇게 노래하고 있었다.

어설프게. 하지만 우람차게.

11:20 a.m.—T에 관한 기록

"점심에 클라이언트와 미팅 예정이고요. 오후엔 시사회 좀 갔다가 4시쯤 들어올게요."

누마모리 부장은 그러라고 한다. 리는 서둘러 회사를 나선다. 사에는 리에게 의미심장한 미소를 띄워 보낸다. 리도 미소로 답한다.

"다녀올게."

사에는 눈치가 빨랐다. 게다가 눈치 챈 것을 미소로만 머금는 관대함을 지녔다. 그렇다고 방심할 수는 없었다. 리는 사에에게 무언가를 선물할 생각이다. 눈 감아 달라는 말 따위는 하지 않을 것이다. 초콜릿이 좋을까?

리의 회사는 시부야 구석에 있었다. 시부야역을 나와 스크램블 교차로를 지나, 시부야 센터 거리를 빠져 나오면 연극과 오페라 등을 공연하는 분카무라[3]가 있다. 분카무라 앞길을 지

---

3 '文化村' 또는 'Bunkamura'로 표기한다. '문화촌'이라는 의미다. 도쿄 백화점이 운영하는 복합문화 시설로, 백화점 내에 미술관과 영화관, 극장이 있다. 오페라

나 직진하면, 독립영화관 '업링크'가 나온다. 리의 회사는 이 '업링크' 맞은편이다. 리는 한국에서도 영화배급사에서 일을 했고, 한류 붐이 한창인 일본에서도 영화배급사에 운 좋게 취직했다. 리는 주로 아시아권 영화를 취급한다. 회사 근처 테오브로마 카페에서 사에에게 선물할 초콜릿을 산다. 가을바람이 선선하다. 분카무라 벽에는 이반 크람스코이의 〈미지의 여인〉이 한껏 콧등을 세우고 행인들을 바라본다. 앙다문 입술과 내리깐 눈이 행인들을 아랫사람 보듯 한다. 화려한 깃털 달린 모자를 쓴 저 여인이 탄 마차는 어디로 향하는 걸까. 리는 궁금해진다. 그녀는 집으로 가는 길일까. 연인을 만나러 가는 길일까. 아니면 누군가를 기다리는 중일까.

비는 여전히 그치지 않고 있다. 금요일이어서인지 분카무라 앞 신호등에는 열 명쯤 되는 사람들이 신호가 바뀌기만을 기다리고 있다. 우산을 쓴 사람이 대부분이다. 젊은 사람들은 주로 비닐우산을 쓴다. 리는 쉽게 사서 쉽게 버리는 인생이 처음부터 주어진 이들에 대해 생각해본다. 분카무라 앞, 프렌치 레스토랑 비론은 빨갛게 칠한 벽이 인상적인 가게다. 도쿄의 프렌치 레스토랑치고는 캐주얼한 분위기지만, 회사원이

와 뮤지컬, 발레 등을 공연하며, 김민기의 〈지하철 1호선〉도 이곳에서 공연되었다. 도쿄 필하모니 교향악단의 본거지이기도 하다. 프랑스 파리의 '레 두 마고 카페'의 도쿄점도 이곳에 있다. 1980년대부터 일본 문화의 중심지로 각광을 받아왔다.

김민정

런치를 즐기기엔 조금 비싸다 싶은 가격이다.

"언제 왔어요? 일찍 왔어요?"

"저도 방금 왔어요."

"요즘 바쁘지 않아요?"

"뭐 바쁘긴 한데, 오늘 리짱 생일이잖아요. 점심시간밖에 시간이 없대서⋯⋯."

"생일 챙기기엔 민망한 나이잖아요. 금요일이라 야근도 있고요."

"아무리 그래도 생일인데, 챙길 수 있을 때 챙겨야죠. 어젠 일 때문에 술자리가 있어서. 사실은 이제 출근하는 거예요."

"근데 이걸로 괜찮아요? 숙취는?"

"빵도 맛있고, 리짱네 회사도 가깝고, 클라이언트도 이 근처라 겸사겸사. 요즘 경기가 좀 좋아진 건지 미팅은 늘었는데, 별 성과는 없네요. 매달 성과를 올리라는데 뭘 어떻게 하면 좋을지 모르겠어. 하하하하. 근데 주말엔 뭐 할 거예요?"

먼저 연락을 하는 쪽은 늘 T다. 지난해 생일에 리는 Y로부터 바람을 맞았다.

─아이가 아파. 오늘 못한 거, 나중에 갚을게.

그날 Y는 짧은 메시지를 남겼다. 도쿄가 훤히 내려다보이는 전망 좋은 신주쿠 파크 하얏트 호텔 바에서 리는 홀로 서른여덟 생일을 맞이했다. 영화 〈사랑도 통역이 되나요?〉의 스칼렛 요한슨이 고독을 느꼈던 그 자리에서, 리는 혼자 라이브 무대를 보고 씁쓸하게 칵테일을 마셨다. 홀로 보내는 생일도 나쁘지 않다고 자신을 위로하면서.

'아이가 아파' 대신에 '야근이 있어'였다면 어땠을까?

T는 그날 아이보에게 바람을 맞았다고 했다. 무대에선 비틀스의 〈노르웨이언 우드〉가 흘러나오고 있었고, T는 리에게 무라카미 하루키를 아느냐고 물었으며, 리는 그가 한국에서도 유명하다고 대답했다. 하지만 리는 하루키를 좋아하지 않는다고 답했다. T는 왜냐고 물었고, 리는 다리가 굵어서라고 대답하곤 웃었다. T는 그런 대목이 있느냐고 물었고, 리는 아마 그럴 거라고 답했다.

"아마라고요? 아마?"

T는 반복했다. 정확하지도 않은 이유로, 그의 소설을 폄하할 수 없다는 눈빛으로.

"참, 알아요? 아이보한테 들은 얘긴데 사실은 〈노르웨이언 우드〉가 '노르웨이의 숲'이 아니라 '노르웨이산 가구'래요. 제목이 《노르웨이산 가구》였다면 책이 그만큼 팔렸을까요? 저는 《노르웨이의 숲》이 더 좋아요."

"숲을 헤매는 그런 얘기니까 숲이 훨씬 가슴을 울리죠. 방황하는 청년 얘기니까요. 저도 숲이 훨씬 낫다고 생각해요. 그게 하루키의 훌륭함이 아닐까요?"

그 후 일 년간 리와 T는 이삼 주에 한 번꼴로 만나 식사를 하고 있다. 저녁을 먹는 것이 대부분이고, 틈이 날 땐 오늘처럼 점심을 함께하기도 한다. T는 리를 우연히 만난 지 일주일이 지나, 일본에서 가장 맛있는 빵이라며 리의 회사 앞까지 비론의 바게트를 들고 찾아왔다.

"바쁘죠? 잠깐 지나가다 들렀는데……. 클라이언트 회사가 바로 옆이라서, 빵만 주고 가려고……."

그날도 오전 11시 30분이었다. T는 리를 잠깐 불러내서 바게트가 든 봉투를 건네주곤 금세 사라졌다. 리도 익히 알고 있는 빵집이었다. 프랑스의 밀가루 가게가 경영한다는 비론은 시부야에서 가장 유명한 빵집이자, 리에겐 특별한 장소였다.

비론에서 리는 테오로부터 프러포즈를 받았다. 예감하고 있었지만, 의외인 듯 리는 어깨를 움츠렸다.

T가 다부진 어깨를 가진 것과 달리 테오는 가녀린 어깨를 가진 호리호리한 체구의 청년이었다. 대학원에 갓 입학한 리에게 테오는 일본어를, 일본 문화를, 대학원 생활을 알려주겠다며 리의 옆자리를 차지했다. 일본 생활에 서툰 리에게 테오는 고마운 사람이었다. 테오는 리에게 시를 읊어주기도 했고, 책을 읽어주기도 했다. 좋아하는 영화들을 공유했고, 미술관에 데려가기도 했다. 서른, 그러니까 9년 전, 무작정 일본을 향

해 떠나온 리는 자신이 일본에 존재해야 할 이유를 테오라고 생각했다. 하지만 리의 일본어가 늘고 일본 사회에 적응해 가면서, 특히나 취업을 한 후에는 테오가 부담스럽게 느껴졌다.

시부야의 러브 호텔가를 빠져나온 아침, 테오는 "괜찮아. 내가 너에게 힘이 될게"라고 말했다. 비론에서 아침을 먹으며 테오는 이제 함께 살아도 되지 않겠느냐고 물었다. 예상했던 일이다. 테오와의 연애에는 아무런 장애물도 없었다. 테오는 대학원을 졸업하고 종합상사에 취직했고, 리도 무사히 취업의 관문을 넘었으며, 테오의 부모는 리를 마음에 들어 했다. 리는 명확하게 대답하지 않았다. 리가 일본 생활을 통해, 더 정확하게는 테오를 통해 배운 거절 방식은 '노'라고 대답해야 할 때 절대로 "노!"라고 말하지 않고 웃는 법이다. 무난한 사람만이 무사할 수 있다.

"맛있네. 농어가 부드러우면서도 고소해요. 한번 드셔보실래요?"

리가 대답하기도 전에 T는 겉이 바삭하게 구워진 농어의 절반을 리의 접시 위에 놓으며 사람 좋게 웃는다.

"얼마 전에 아이보와 낚시를 하러 갔는데요. 거기가 아타미 쪽이었는데……."

T는 연신 화제를 바꿔가며 이야기를 이어간다. 그는 수다스럽고 밝다. 그와는 심야영화를 보기도 했고, 이른 아침 파머

스 마켓까지 드라이브를 가기도 했다. 리는 T가 자신에게 호감을 가지고 있다고 느낀다. 심증은 있는데 물증이 없다. 그와는 지난 일 년간 손도 잡아보지 못했다. 그런 시도조차 하지 않았다. 식사를 하며 영업용 개그를 선보인 후 리의 집까지 배웅한 뒤 조용히 사라지는 게 T식의 데이트였다. 리는 T가 게이일지도 모른다고 생각한다. T는 실제로 동성인 룸메이트와 동거 중이다. T는 룸메이트를 '아이보'라고 부른다. 일본어로 '단짝', 파트너'란 의미다. 어쨌든 T에겐 '짝'이라 칭할 가치가 있는 이가 존재한다. 리는 그런 T가 살짝 부럽다. 그의 '아이보'에게 때론 질투를 느끼기도 한다. 리는 한 번도 T에게 혹시 그 '아이보'를 좋아하느냐고 묻지 않았다. 물론 남성을 좋아하냐고도 묻지 않았다. T는 떡 벌어진 두툼한 어깨를 가졌다. 리는 한 번쯤 T에게 안겨봐도 좋겠다고 상상한다.

리는 T를 보수적인 타입이라고 단정한다. 손 한번 잡아보지 못해서가 아니다. 리의 대답을 듣기도 전에, 접시 위에 음식을 담아주는 태도가 리에겐 그렇게 읽힌다. 리가 농어구이를 좋아하기에 망정이지 평소 좋아하지 않는 양고기였다면 끔찍했을 것이다. 여하튼 T가 왜 이삼 주에 한 번씩 빠뜨리지도 않고 전화를 걸어오는지 리는 도통 이해할 수 없었다. 사랑과 우정 사이를 오가기엔 리도 T도 마흔이 코앞이다. '플라토닉' 관계를 리는 믿지 않는다. 리는 맞은편에 앉아 있는 T

의 닿을락 말락 한 무릎을 발로 슬쩍 만져볼까 싶다. 아니, 레스토랑에서 나갈 때 손을 잡아볼까 싶기도 하다. T가 어떻게 반응할지 상상이 가지 않는다. T의 매력은 따뜻한 인간미, 럭비로 다져진 훌륭한 어깨, 마디가 굵은 손가락 같은 것들이라고 말할 수 있다. 사람을 웃기려 드는 그런 싹싹함도 덧붙이고 싶다. 더불어 어떻게 반응할지 도저히 알 수 없는 점이야말로 치명적인 매력이라고 생각한다. 그런 매력이 아니었다면 리는 T의 약속을 거절했을 것이다. T는 좋게 말하면 미스테리어스하고, 나쁘게 말하면 애매모호하다.

리는 T뿐만 아니라 일본 남자들이 모두 애매모호하다고 생각한다. 하지만 그 애매모호함 때문에 리는 한 남자를 택하거나, 종속될 필요가 없었다. 리는 T의 방에서 바위처럼 단단한 T의 어깨를 안는 자신을 생각한다. 리는 T의 목덜미에 입맞춤을 한다. 거기까지 상상해보고 피식 웃는다. 리는 피식하고 웃음이 빠져나온 입안을 일본에서 가장 맛있다는 바게트로 채운다.

"무슨 생각해요? 무슨 좋은 일 있어요?"

"그냥. 바게트가 정말 맛있어서요. 우리 지난번에 영화 봤잖아요. 새벽 2시에 좀비 영화. 기억나요? 남을 좀비로 만들어야 살 수 있는 좀비가 자신의 처지를 애처롭게 여기는 게 저는 좀 철학적으로 느껴졌는데……. 근데, 그날 우리 그냥 같이 있을걸 그랬나 봐요. 안 그래요?"

"리가 피곤해 보여서……. 제가 찬스를 놓쳤군요. 실은 그 날 아이보가 감기에 걸려서."

T는 얼버무린다. 리는 "리가 피곤해 보여서"라고 말하는 T의 입을 막아버리고 싶다. 어떤 이들은 거절할 때 "당신을 배려했기 때문"이라고 말한다. 리는 자신의 용기없음을 배려로 바꿔치기하려는 T의 입에 바게트를 찔러넣고 싶다고 생각했다. T처럼 애매한 데이트를 지속적으로 요구하는 상대는 처음이다. 차라리 속 시원하게 섹스를 하고 헤어지는 편이 나을 것 같다.

"이 가게도 실은 아이보가 알려준 곳이에요. 여기가 빵이 가장 맛있다고 하더라고요. 데이트에도 좋고요. 참 얼마 전에 드디어 아이보하고 같이 노르웨이산 가구를 샀어요."

"요즘 유행하는 북유럽 가구요?"

"이케아는 아니고, 바리에르라는 브랜드의 의자예요. 인체 공학적 설계래요. 원래는 앤틱 테이블을 사고 싶었는데 못 구했어요. 아이보가 지금 열심히 테이블을 알아보고 있답니다."

T의 아이보는 누구일까.

"나중에 같이 살면 가구는 노르웨이산으로 하자."

테오가 말했다.

식사를 마친 T는 계산서를 들고 나선다. T는 한 번도 리에게 지불을 요구한 적이 없다. 리는 지갑을 들고 T를 좇는다.

"제 건 제가 낼게요."

"오늘은 리의 생일이잖아요."

T는 손사래 친다. T에게 연인이 있는지 리는 알지 못한다. T가 함께 산다는 '아이보'가 T의 연인인지도 모른다. 얼마 전 대여섯이 모인 술자리에서 추궁을 받던 T는 '그냥' 고등학교 '친구'라고만 대답했다. 그렇다면 T는 혼전순결을 지키는 고전적인 타입인 걸까? 리는 고개를 젓고, 길을 나선다. 피식 웃음이 나왔다. 계산을 하고 리를 뒤따라온 T는 리의 손에 작은 선물상자를 하나 쥐어주고는 금세 돌아서 뛰어갔다. 비는 여전히 추적추적 내리고 있었다.

1:15 p.m.—O에 관한 기록

도쿄엔 자고로 비가 내려야 제격이다.

시부야역은 2020년 도쿄 올림픽·패럴림픽을 앞두고 대규모 공사 중이다. 청계천처럼 뚜껑이 덮인 시부야강 일부를 개발해 도시인들의 휴게 공간을 마련했고, 그걸로는 부족해서 역 앞에 대형 고층 건물을 짓고 있다. 엄청난 공사는 엄청난 불편을 초래했다. 시부야역 앞에선 누구나 돌고 돌아야 목적지에 갈 수 있다. 얼른 공사가 끝나기만을 모두가 기다리고 있다. 리의 휴대폰이 진동으로 울린다.

—지금 긴자에서 전철 탔어.

O는 항상 이런 식이다. 약속에 먼저 오기는커녕, 늘상 지각이다. 그럴 때마다 이렇게 문자를 보내온다.

—지금 집을 나왔어.
—이제 식사가 끝났어.
—지금 옷 입고 있어.
—하늘 봐봐, 너무 맑지?
—달이 참 예쁘다. 알아? 나쓰메 소세키는 'I love you'를 '달이 아름답다'고 번역했대.

그런 식으로 말이다.

O는 리의 상대들 중 리에게 가장 무관심하고, 가장 무책임했다. 그런데도 리는 O와 헤어지지 못했다. O는 8살 어린 대학 후배다. O는 러시아어를 전공하는 늦깎이 대학생이었다. 리는 취업을 하고 사회학 연구실에 잠시 들렀다가 우연히 O를 만났다. 그는 무슨 생각에서인지 리의 손에 자기 손을 포개며 "너, 참 여성스럽다"고 말했다. 연구실에 아무도 없었기에 망정이지, 리는 당황스러움과 동시에 분노를 느꼈다. O는 당돌했다. '여성스럽다'는 단어의 폭력성에 대해, 손을 포갠

행위에 대해, 반말을 찍찍 지껄이는 그 태도에 대해 일장연설을 했어야 했는데, 리는 그러지 못했다. 리의 머릿속에 '여성스럽다'는 단어에 대한 당혹함이 맴돌고 있을 때, O는 곧장 리의 손을 이끌고 학교 앞 공원으로 갔다.

"여기 비행장이 있는 거 알아?"

리는 비행장이 가까이에 있다는 사실을 알고 있었지만, 가볼 생각은 하지 못했다. 테오와도 가본 적이 없었다.

"매일은 아닌데 이 비행장에서 가끔 비행기가 떠. 그냥 여기서 비행기 뜨는 거 보고 있으면 기분이 좋거든."

비행기가 없는 하늘엔 노을이 지고 있었다. 일본의 저녁노을은 한국처럼 붉지 않았다. 은은한 노란빛이었다. O의 곱슬머리 위로 노을이 번졌다. O는 키가 큰 어린왕자 같았다. 리는 학창시절 내내 테오와 함께였다. 다른 학생들과는 깊이 사귀지 못했다. 2년이라는 석사 과정은 짧았고, 리는 오래된 일본영화들을 다시 보는 것만으로도 벅찼다. 리는 일본어 학원에서 일본어를 배웠다. 즉, 리는 존댓말만 배웠을 뿐, 반말은한 번도 써본 적이 없었다. 리는 만난 이들을 모두 존대했다. 리는 테오에게도 존댓말을 썼다. 후배에게도 그랬다. 그런 리에게 반말로 말을 걸고, 반말을 가르친 건 O였다.

"교과서엔 존댓말만 나오는데, 일본인들은 모르겠지?"

"나는 네가 존댓말만 쓰는 것도 좋아. 그게 무척 섹시해.

반말하고 싶어? 그럼 대답부터 바꿔봐. 이제 누가 뭐라건 '음'이라고 대답해봐. '예스'건 '노'건 '음'이라고 대답하는 거야. '소데스네'[4]도 괜찮겠다."

리는 그대로 해봤다. '소데스네'라고 대꾸했을 뿐인데, 어떤 이는 '예스'로 알아들었고, 어떤 이는 '노'로 알아들었다. 일본인들은 애매했다.

"어차피 회색 사회야. 그레이존이 얼마나 넓은지 알아? 일본엔 무언가를 극도로 싫어하거나 좋아하는 사람은 드물어. 다만, 그 중간에 머무를 뿐이야. 그러다가 자극을 받으면 싫거나 좋거나로 움직이게 되지. 여긴 회색분자들만 있어. 전쟁이 일어나면 자국 편을 들었다가, 전쟁이 끝나면 자국을 혐오하는……. 지금은 리에 대해서도 대부분이 회색 평가를 내릴걸. 아무도 당신을 좋아하거나 싫어하지 않아. 하지만 작은 파문이 당신을 혐오하게 되는 방아쇠가 될 수도 있고, 좋아하게 되는 촉진제가 될 수도 있어."

리의 어린왕자는 책 속의 어린왕자보다 말이 많았고, 대부분의 지적은 정확했다. O는 학부를 졸업하고 취업을 하지 않았다. 이 어린왕자는 세상 어디에도 자신이 어울리지 않을 것이라고 단정했다. O는 자신이 얼마나 아름다운 얼굴을 하고

---

4 そうですね. '그런가요? 그렇군요'라는 의미를 가진 일본어. 주로 맞장구를 칠 때나 곤란한 질문에 대한 대답을 피하고 싶을 때도 사용한다.

있는지 모르는 사람 같았다. 그는 넓은 이마에 오똑한 코와 단정한 입술을 가지고 있었다. 그의 입술에 리의 입술을 포개는 것이 안타까울 정도로 그의 입술은 완벽했다. 취업준비도 하지 않고 취업을 포기한 O는 "네가 집세를 내고 같이 살자" 고 했다.

리는 웃었다. "나, 사귀는 사람 있어."

"그럼 셋이 같이 살까?"

O는 항상 그런 식이었다.

그 시절 리의 연인은 지방대 영문과 조교인 K였다. 테오와 헤어진 후, 리는 무심한 날들을 보냈다. K는 나이 차이가 얼마 나지 않았고, 한국에 관심이 많았다. 긴 곱슬머리에 짙게 쌍꺼풀진 소처럼 큰 눈이 인상적인 남자였다. 리의 지도교수는 한국어를 가르쳐주라며 K를 소개했다. K가 강의를 하러 도쿄에 올 때마다 리는 K를 찾아가 한국어를 가르쳤다. K는 내향적이고 지적이었다. 리는 K가 발음하는 한국어의 부드러운 느낌이 좋았다. K가 초급을 뗄 무렵, 서투른 한국어로 "리에게 키스를 하려고 해요"라고 말한 후, K는 리에게 부드럽게 입맞춤했다. 리는 K의 입맞춤을 받아들였고, 다음번에 K가 도쿄에 왔을 땐, 리는 이미 K의 침대 안에서 하룻밤을 보냈다. K는 리의 발가락 하나하나에 입맞춤을 하고, 리의 허리를 감싸 쥔 채 리의 배꼽에 키스를 한 후, 리의 가슴을 오랫동안 애무했다. K는 리의 가슴을 핥고 흡입했다. 리는 눈을 감고 숨을 죽이며 K가 리의 몸 구석구석을 손으로, 발로, 혀로 맛보는 느낌을 즐겼다. K가 준교수로 진급한 후부터는 도쿄로 강의하러 오는 일이 줄었고, 리와 K가 부스스한 얼굴로 일어나 함께 커피를 마시는 아침도 줄었다.

리가 K와 연락을 끊은 후에도 O는 늘 그 자리에 있었다. 흔히 연애에 도통 관심이 없고 취미생활에만 몰두하는 성인 남성을 초식성향의 남성, '초식남'이라고 부른다. O는 섹스에 관심이 없는 듯 했다. 그는 책에 빠져 살았고 간간이 글을 썼다. 〈아포리즘 만물상응〉이 이메일로 리에게 동봉되었을 때, 리는 처치 곤란함밖에 느끼지 못했다. 300페이지에 달하는 그의 글은 파우스트부터 연애까지 온갖 것들이 적힌 백과사전 같았다. 리는 그의 글을 제대로 읽을 수 없었다. 읽을수록 부끄러워졌다. 리는 그의 글을, 잘 아는 출판사 편집자에게 보내며 할 만큼 했다고 생각했다. 의리는 지켰다고.

한때 일본 남자들은 대우받고 싶어 했다. 한창 경기가 좋던 시절엔 지갑의 두께가 그들을 특별하게 만들었다. O는 그런 시절을 동경하지 않는다고 주장하지만, 연애에 별 관심이 없는 이유가 경제력과 무관하다는 생각은 들지 않는다. O는 가난한 대학생이었고, 취업전선으로 쉽게 뛰어들지 못했다.

"지겹잖아. 여자를 만족시켜야 한다니. 경제적으로건 육체적으로건 그런 책임감이 끔찍해. 내가 동물도 아니고 말이야. 내가 얼마나 허리를 흔들면 리는 만족할 건데?"

O가 얼마나 허리를 흔들면 리가 만족할 수 있을까. 리는 이미 자신이 O와 5년 이상 만나온 사실을 자각하고 있지만, 과연 자신이 만족했는지 자신할 수 없었다.

"난 가슴이면 충분한데."

O는 침대 위에서 그렇게 말했다. 그는 애무를 즐겼지만 사정을 즐기지 않았고, 리는 그게 O 나름대로의 섹스 방식이란 걸 알고 있었다. 사정하지 않는 남자도 세상엔 있다. 섹스를 원하지 않는 남자들이 점점 늘어가고 있다고, 잡지들이 하루가 멀다고 보도를 하는 시절이다. 리는 가끔 서운했다. '사랑하지 않는 걸까? 아니, 나의 무엇이 부족한 걸까?' 리는 자문했다. 하지만 사정을 하는 것과 하지 않는 것이 리에게 미치는 궁극적인 영향은 무엇일까. 상대가 절정에 달하지 않았으니 미안해해야 하는 걸까. 그것이 O에게 최선의 방식임에도?

대학원에는 여성사를 연구하는 팀이 있었는데, 그녀들은 사정을 섹스의 기준으로 보는 것은 오로지 '남성서사'라고 주장했다. 리는 그녀들의 의견을 듣고 움찔했다. 리는 자신의 과거를 돌아봤다. 리는 삽입과 사정이 전부가 아니라고 말하는 여성들의 이야기를 듣게 된 것을 진심으로 감사하게 생각했다. 그렇다면 여성이 중심이 되는 섹스란 무얼까. 어쨌든 하나

만은 확실했다. 더 이상 상대 남자의 기분에 좌우되지 말자고 리는 자신과 약속했다.

리와 O는 한 달에 한 번꼴로 만나 서로의 몸을 탐했다. 성기와 성기와의 교합은 이루어지는 날도 있었고, 아닌 날도 있었다. 곧 죽어도 회사에 다니지 않겠다던 O는 리가 소개한 출판사에서 잡일을 하다가, 요즘은 연재를 하며 지내고 있다. O는 리가 O를 소개하기 위해 출판사에 근무하는 편집자와 어떤 밤을 보냈는지 알지 못한다. 리는 말할 필요도 없다고 생각한다. 상대는 리에게 오르가슴을 선사하기 위해 애를 썼고, 리는 만족했으며 덕분에 O는 직장을 얻었다.

30분이나 늦은 O는 "공사 때문에 찾는 데 한참 걸렸어. 얼마나 돌아왔는지 몰라" 하고 공사 탓을 했다. 리와 O는 공사 중인 시부야역이 한눈에 내려다보이는 히카리에 8층으로 자리를 옮겼다.

"대단하네. 한마디로 표현을 못 하겠어."

"뭐랄까⋯⋯. 웅장하다? 촘촘하게 짜인 성냥으로 만든 건물 같아."

"시부야가 이렇게 바뀔지 몰랐어. 기왕이면 스크램블 교차로도 좀 편하게 바뀌면 좋은데."

"그거 시부야의 상징인데⋯⋯."

"도저히 건널 수가 없어. 줏대가 없는 걸까? 한번 들어가면 헤어나올 수가 없어."

"너 같은 사람을 위해 지하도가 있는 거야."

리는 O에게 지하도의 위치를 설명한다.

"지하도까지 꿰고 있었어? 우와, 네가 나보다 더 일본 사람 같다."

지하도를 알고 있으면 일본인이 되는 걸까? 일본 생활 9년째인 리는 이제 이런 말들이 지겹게 느껴진다. 리는 자신이 민감하게 반응하고 있다는 것도 알고 있다. 다만, 리는 일본말을 잘한다는 말도, 일본 사람 다 됐다는 말도, 칭찬인지 아닌지 구분할 수 없게 되었다.

"내가 너보다야 도쿄를 잘 알지."

리는 그를 보고 똑바로 말한다.

"혹시, 일본 사람 같다고 해서 화났어?"

O 역시도 리에게 지지 않을 만큼 민감하다.

"뭘 그런 걸 가지고 그래? 어쩌다 보니 나온 말인데."

O는 사과하지 않는다. 리는 사과를 요청해야 할까 하다가, 좀 전에 나온 커피에 입을 댄다.

"다음번엔 디즈니랜드에 갈까?

리가 묻는다.

"남의 나라를 식민지로 삼고, 그걸 대단한 양 엔터테인먼트로 바꿔치기한 거기 말하는 거야?"

O가 코웃음을 치며 덧붙인다.

"네이티브 아메리칸을 학살하고, 탄광을 개발하고, 자연을 파괴한 그 모든 것을 단순한 오락으로 삼은 그 혐오스러운 곳에 가자는 거야?"

"못 갈 것도 없잖아."

"그래, 못 갈 것도 없지. 비용을 네가 낸다면야."

O는 언제나 그런 식이다. 호텔 비용, 식사비, 여행 경비, 영화 요금, 커피에 팝콘까지 늘 리의 몫이다. 리는 자신이 돈을 지불하는 것에 대해 한 번도 불평해본 적이 없다. 그게 O의 스타일이라고 생각한다. 아니, 리와 O의 스타일이라고 생각한다. 둘이 만들어 내는 과학적 반응이라고. O의 가지런한 치아와 아기처럼 투명한 피부, 모델처럼 늘씬한 몸을 볼 수 있다면, 가끔 그의 두툼한 페니스로 만족을 느낄 수 있다면, 또 그와 지적인 대화를 오래 나눌 수 있다면, 데이트 비용 지불쯤은 아무것도 아니라고 생각한다. 리에게는 그만큼의 경제적 여유가 있고, O에게는 그만큼의 매력이 있다고 리는 믿는다.

리는 서로가 지겹다고 느껴질 정도로 O가 리 안에 더 오래 머무르길 희망한다. O와 달리 리에게 섹스는 꼭 필요한 무엇이다. 하지만 특별한 무엇은 더 이상 아니다. 그것은 비밀리에 이뤄져야 하는 어둠 속 쾌락이나 신성한 무언가가 아니라 조금 더 쉽게, 조금 더 신나게, 조금 더 대낮에 이뤄져도 되는 오락이라고 생각한다. 그것은 리의 마음을 달래주고, 리의 몸을 달래주며, 리의 호르몬을 달래준다. 리는 사랑과 섹스는 별개라고 생각한다. 아니, 동일해도 좋다. 리는 리의 마음에 드는 남자와 언제든 섹스할 준비가 되어 있다. 그렇다고 만인을 다 받아들이겠다는 의미는 아니다. 리의 남자들은 대부분 다 부진 체격에 지적이며 신사적이다. 리가 원하지 않을 때 리를 탐하는 자를, 리는 경멸한다. 하지만 O가 리를 탐한 적은 거의 없었다. O는 오로지 "가슴이면 충분해"를 반복했다.

"오늘은 차만 마시고 헤어질 거야?"

O가 묻는다.

"아무래도."

리가 웃는다.

"아무래도는 또 뭐야?"

"그레이존인 거지. 네가 말하는. 당신이 알아서 해석하십시오."

"가슴을 아직 만지지 못했는데."

"그건 네 사정이고."

O는 한 방 먹었다는 듯 유쾌하게 웃는다.

"나는 그런 네가 좋아"라는 말도 빼놓지 않는다.

리는 시니컬한 O를 사랑한다. 하지만 그뿐이다. 리는 가끔 오늘처럼 O와 차를 마시고, 한 달에 한 번쯤 섹스를 하는 인생이면 충분하다고 생각한다.

7:19 p.m.—Y에 관한 기록

"기다렸어요?"

리가 달려간다.

"괜찮아."

Y는 저녁부터 먹자며 리를 가구라자카의 일식집으로 데려간다. Y는 리에게 작은 꽃다발을 안긴다. 일식집에도 알렸는지, 가게에 어울리지 않게 기모노를 입은 스태프들이 생일축하 노래를 불러준다.

"이런 거 안 어울려."

"뭐가? 일식에 해피버스데이가? 아니면 꽃다발?"

"둘 다요."

"맘에 들었어? 그럼 이따가 침대에서 보자."

Y는 윙크를 날린다. 그렇다, 그는 윙크를 날릴 수 있는 세대다. 그는 일명, 거품경제 세대다. 일본이 가장 풍요롭던 시절에 태어나서 대학을 졸업한 후 좋은 기업에 쉽게 취직한 세대다. 취업률이 가장 높던 시절로, 대학을 졸업한 학생은 그야말로 대기업이 '모셔가던' 시절이었다. 일본 정부는 '전 국민 중산층 시대'를 슬로건으로 내걸고, 택시 기사건 트럭 기사건 대기업 직원이건 모두가 정사원으로 비슷비슷한 연봉을 받던

시절에 그는 일본 최대 출판사에 입사했다. 이내 편집장이 된 Y는 고도성장기의 단물만 빨아온 세대다. 그는 스스럼없이 윙크를 날리고, 스스럼없이 손을 잡으며, 스스럼없이 키스를 한다. 여자를 좋아하고, 섹스를 즐긴다. 쉰이 넘은 나이에도 당당하게 바지를 내리는 남자다. 리는 Y가 만나는 여자가 자신만은 아니라는 걸 알고 있다. 아니, 그뿐만이 아니다. 리는 Y에게 훌라댄스를 취미로 삼은, 리보다 젊은 아내가 있고 아이가 둘이라는 사실도 알고 있다.

"섹스는 스포츠야."

처음 만난 날 Y는 말했다. 영화 시사회가 끝나고 관계자 파티에서 리는 Y를 만났다. Y는 리가 근무하는 영화배급사에서 개봉하는 영화의 원작 소설 판권을 담당하는 편집자였다. 리는 그날 차이나드레스를 입고 있었다. 영화 속 배경이 옛 중국이었기 때문이다. 영화에서 공리는 나이가 들어, 기억을 잃어가는 여자의 허무함을 연기했다. 공리는 여전히 풍만한 가슴에 늘씬한 다리와 신경질적인 얼굴을 하고 있었다. 리는 그런 공리의 풍만한 가슴과 늘씬한 다리와 신경질적인 얼굴을 좋아했다. 리는 아담한 자신이 공리처럼 당당한 분위기를 낼 수 있으리라고 여기진 않았다. 다만 리에게는 아담한 키와 어울리지 않는 풍만한 가슴이 있었다.

학창 시절 리는 절규했다. 절망했다. 굵은 다리에 큰 가슴은 오래도록 그녀를 괴롭혀 왔다.

"가슴 큰 여자는 무식하대."

리는 그 굴레를 도저히 받아들일 수 없었지만 무시할 수도 없었다. 리는 가슴을 동여매지도 강조하지도 못했다. 그녀는 언제나 펑퍼짐한 티셔츠로 가슴을 감추고 살았다. 그런 리는 일본에 와서 처음으로 가슴이 푹 파이고 딱 붙는 V넥 티셔츠를 즐겨 입게 되었고, 훨씬 더 주목을 받았으며, 감추는 것보다 드러내는 것이 속 편하다는 사실도 알게 되었다. 서른이 넘은 리는 이십 대와는 다른 매력이 있었고, Y는 당장에 리를 알아봤다. Y는 파티 회장 앞의 데이코쿠 호텔에서 차를 마시고 있겠다며 명함을 건네주고는 먼저 나가버렸다. 파티가 끝난 후, 리는 데이코쿠 호텔 앞을 머뭇거렸다. 휴대폰 번호가 적힌 명함을 꺼낼지 말지, 리는 고민했다. 리는 호텔 앞을 서성이다가 뒷걸음질 쳤다. Y는 그런 리를 금세 알아보고는 호텔 밖으로 뛰어나왔다. 그날, Y는 일반주택을 개조한 소박한 술집으로 리를 데려갔다. 사케를 한 잔 마신 Y는 서슴없이 "섹스는 스포츠야"라고 말했다.

"남자와 여자가 친구가 된다고? 무슨 소리야! 내가 왜 당신에게 명함을 쥐어줬을까? 왜 호텔에서 기다렸을까? 내가 말하지 않아도 알 거야, 리."

리는 그의 말을 이해했다. 리도 같은 생각이다. 리도 복잡

리의 여정

한 연애가 귀찮았다. 가족을 이룬다는 것은 더더욱 그랬다.

리의 엄마는 늘씬한 다리를 자랑하는 모델이었다. 리의 엄마는 그 업계에선 일류로 통했지만 아무도 그녀의 얼굴을 기억하지 못했다. 다리 전문 모델이었기 때문이다. 리의 엄마는 다리 모델로 최고의 인기를 누릴 무렵, 한 사업가를 만나 결혼했고, 자신들을 양반의 자손이라 여기던 그 사업가 집안에서 평생 시집살이를 해야 했다. 리의 엄마가 가진 늘씬한 다리는 그 후 빛을 보지 못했다. "여자가 다리를 드러내는 것은 천한 일"이라고, 리가 태어나기 전에 리의 아빠는 말했다. 리의 엄마는 자신의 늘씬함을, 자신의 잘남을 조금도 드러내지 못한 채 가족들의 뒷바라지에 전력을 다했다. 그러다 암에 걸렸고 — 암과 시집살이의 관계성에 대해서는 밝혀진 것이 없지만 —, 그 후 적은 위자료를 받고 이혼했다.

엄마는 행복했을까? 리는 가끔 엄마에게 묻는다. 잘 지내냐고.

—엄마는 혼자 사는 게 적성에 맞는 것 같아.

리는 엄마의 문자 메시지를 기억한다.

엄마 형제들의 삶도 비슷했다. 엄마의 둘째 동생은 남편의 술 중독으로 이혼했고, 엄마의 셋째 동생도 별다르지 않았다. 그들은 술을 좋아했고 도박을 하거나 여자를 탐하면서도 그들을 업신여기고 단순한 노동력으로 취급했다.

리의 친구들도 별다르지 않다. 간혹 부자와 결혼을 하거나 가사와 육아를 돕는 남자와 함께 살기도 한다. 하지만 대부분은 쓸쓸해하거나 씁쓸해하는 삶을 살고 있다. 그래도 리의 친구들이 올리는 카카오스토리의 가족사진은 눈부시다. 아기들은 환하게 웃거나 때로는 자전거를 타고 때로는 마트 한 켠을 안방 삼아 누워 있기도 했다. 리는 친구들의 사진에 '좋아요'를 누르면서 흐뭇해했다. 하지만 그게 리의 인생이 된다면, 리는 감당할 수 없을 것 같았다.

스물아홉이 되었을 때, 주변에선 리에게 결혼을 해야 한다며 이 사람 저 사람 소개해주었고, 리도 마지못해 만나보기도 했다. 아니, 리 역시도 시기를 놓쳐서는 안 된다는 강박관념에 시달렸지만, 마음에 드는 이는 만날 수 없었다. 어떤 남자는 리에게 《삼국지》를 아느냐고 물었고 어떤 남자는 연봉이 얼마냐고 묻다가 자신의 연봉이 배는 더 될 것이라고 자랑했고 어떤 남자는 그녀의 짤막한 다리를 보고 얼굴이 아깝다고 말하기도 했다.

리의 아빠는 연봉 자랑을 한 남자를 밀었고, 리의 엄마는 하필이면 얼굴이 아깝다고 말한 그 남자를 잡으라고 했다. 둘째 이모는 돈이 최고라며 리의 아빠 편을 들었고, 막내 이모는 "남자는 성격이야"라며 또 다른 이를 소개시키려고 했다.

스물아홉, 마지막 찬스. 비쌀 때 팔아야지.

누구와 결혼하면 행복할 수 있을까? 그건 성기 사이즈로 결정할 수 있는 얘기일까? 아니면 연봉? 아니면 외모? 성격? 성격이 좋은 사람이란 어떤 이를 말하는 걸까? 성격이 좋은 사람을 고르는 것은 남을 재단하는 일이 아닌 걸까? 리의 궁금증은 꼬리를 물고 이어졌다. 성기가 작지만 성격이 좋은 남자, 궁합이 좋지만 경제력이 부족한 남자, 친절하지만 수다스러운 남자……

리는 도저히 고를 수 없었다. 리는 재단하는 것도, 재단 당하는 일에도 딱히 의미를 둘 수 없었다. 리는 조용히 비행기 티켓을 샀다. 누군가에게 설득당해 누군가를 재단하기 전에, 한국을 뒤로 하고 싶었다.

마침 리가 다니던 영화사에는 일 년간 사원을 해외로 유학 보내주는 제도가 있었고, 입사 5년차였던 리에게도 그 기회가 주어졌다. 연구생으로 유학을 온 리는 결국 퇴사를 하고 대학원에 입학했고, 취업과 동시에 일본에 눌러앉았고, 또 한 번의 아홉수가 그녀를 찾아왔다. 바라지도 않았는데도.

"뭐, 스포츠랄 수도 있죠. 생각에 따라서는."

Y는 리에게 "오늘부터 스포츠를 시작해보자"고 조금도 부끄러워하지 않고 말했다. 그렇게 시작된 관계가 이미 3년이다. Y는 금요일의 남자다.

그는 매주 금요일이면 리를 택시에 태워, 신주쿠의 발리안 호텔로 이동한다. Y는 엘리베이터에 타자마자, 리의 입을 벌려 혀를 집어넣고, 데님 팬츠 지퍼를 내리고, 그 틈으로 손을 넣어 더듬는다. 리는 Y의 그런 조급함도 싫지 않았다. 요즘 유행하는 초식남들처럼 뜸을 오래 들이지 않아도 되는 남자는 차라리 편했다. 오늘도 Y는 엘리베이터 안에서 리의 셔츠 단추를 푼다.

"그날 리가 차이나드레스를 입고 내 앞에 섰을 때, 그때가 가장 예뻤어. 오늘은 뭘 해볼까?"

Y는 리의 귀에 속삭인다. 호텔 발리안은 발리풍 인테리어와 발리풍 음악을 24시간 틀어놓은 호텔이다. 해외에서 온 관광객도 많지만, 리와 Y처럼 모텔 대신 찾는 커플들도 있다. 로비 냉장고에는 발리의 디저트가 들어 있다. 리는 한 번도 그 디저트에 손을 댄 적이 없다.

목욕을 마친 후, 가운만 걸친 Y는 리를 침대에 눕힌다. 리는 위아래로 속옷을 챙겨 입은 후 가운을 걸쳤다. Y는 왜 그런 걸 입고 있느냐고 추궁하지만, 리는 입고 있는 쪽이 Y의 상상력을 높이는 데 훨씬 도움이 된다는 걸 알고 있다. 기왕이면

서로의 상상력을 자극하는 상대로 있고 싶다.

　Y는 리의 팬티를 내리고, 리의 그곳을 살짝 깨문다. 살짝 한 번 깨물었을 뿐인데, 리의 입에서 날카로운 비명이 튀어나온다. Y는 아랑곳하지 않고, 이번에는 지그시 조금 더 세게 콱 물어버린다. 리는 허리를 튕기며 비명을 내지른다. 사인이다. 가학적인 섹스는 어떻겠냐는. 리에겐 얼마든지 거부할 권리가 있다. 리는 한 번 경험해보고 싶었다. 한 번뿐인 인생이라면 가학적인 섹스가 어떤 재미를 줄지 알고 싶었다. 리가 가학적인 섹스를 요구했을 때, 대부분의 남자들은 뒷걸음질 쳤다. 반면 Y만은 리가 좋아할 만한 도구들을 준비해왔다. 리는 누군가가 자신을 결박해주길 원했다. 상대가 원하는 대로가 아니라 리가 원하는 대로. Y는 리를 반듯이 눕힌 후 리의 양손을 머리 위로 올려 결박한다. 리의 다리는 양 갈래로 펴서, 하나씩 침대에 묶어버린다. 리의 왼쪽 가슴을 있는 힘껏 쥐고 흔들다가 조심스레 입을 맞춘다. 그러다가 밧줄로 포박해버린다. 리는 자신을 조이는 것들로부터 쾌감을 느낀다. 리는 자유롭다. 하지만 가끔은 그 자유가 지겹기도 하다. 리는 가끔 마냥 포박당하고 싶다. 영화 〈언 두Undo〉의 주인공처럼. 리를 움직이지 못하게 한 Y는 가방에서 딜도를 꺼내어 리 안에 삽입한다. 리는 더 이상 참을 수 없어져, 온몸을 비비 틀기 시작한다. Y는 자꾸 그렇게 움직이면 촛농을 떨어뜨릴 거라고 협

박한다. 리는 참아보려고 한다.

Y는 원래 가학성애자가 아니다. 리도 늘 가학적인 것을 원하는 것은 아니다. Y는 가학적인 섹스를 흉내 내고 즐길 줄 알며, 가끔 가학적인 섹스를 원하는 리의 기분을 맞춰주는 남자다. Y는 리가 원하는 가학적인 섹스를 연출해본다. 리는 Y의 가학적 섹스에 100퍼센트 만족하지는 않지만 Y가 자신의 역할에 충실한 점은 높이 산다. 리의 반응을 살핀 Y는, 생선처럼 포박된 리의 입안에 자신의 성기를 넣는다. 리는 일부러 소리를 내며 애무하다 묻는다.

"얼마나 많은 여자랑 자봤어?"

"한 200명? 리는?"

"글쎄, 한 20명?"

리는 거짓말을 한다.

"집중해."

리는 페니스를 물고 있는 걸 좋아한다. 누군가는 변태적 행위라고 하지만, 리는 누군가의 페니스가 그녀 입안에 있을 때, 자신이 주도권을 쥐고 있다는 생각에 마음이 들떴다.

만족한 Y가 리의 포박을 풀고 콘돔을 착용한 후, 리 안에 삽입한다.

"어때? 괜찮아?"

"응, 좋아."

리는 거짓말을 한다. 200명이 넘는 여자와 섹스를 해봤다는 중견 편집장 Y는 페니스의 크기도 허리 놀림도 섹스를 즐기는 시간도 남달랐지만, 리는 아무것도 느끼지 못했다. 리는 당신에겐 테크닉이 부족하다고 말하지 않았다. 운동을 해서 팔 힘을 좀 더 키우라고도 하지 않았다. 리는 좋다고만 말했다.

"요새 아내랑 섹스해?"

"석 달에 한 번쯤?"

"아내랑 하면 될 걸, 왜 굳이 나를 만나는데? 나 말고도 있잖아."

"리 말고도 있지. 하지만 매주 한 번 꼭 만나는 사람은 너뿐이야."

리는 그의 말이 반갑다. 하지만 반가워해야 할지 말지 의심스럽기도 하다. Y는 리의 다리를 풀고, 리를 뒤로 돌려 눕힌다. 한 손으로 리의 머리칼을 쥐고, 한 손으론 리의 클리토리스를 압박한다. 리의 입에서 "주인님, 이제 그만!"이라는 말이 흘러나올 때까지 Y는 사정하지 않는다. Y의 허리 리듬은 발리의 전통 음악 리듬과 똑같은 박자로 그녀의 깊은 곳을 찔러댄다. 규칙적이면서도 장시간에 걸친 리듬은 리가 눈을 감으면서 끝을 맺는다. Y는 리의 가슴에 입을 맞추고, 맥주를 한 모금 머금고는 리의 입으로 옮긴다. 그리고 리의 머리 밑에 자신의 팔을 쑥 집어넣어 리를 감싸 안는다. 리는 Y의 건조하고 질긴

살갗이 나쁘지 않다고 생각한다. Y의 부드러운 머릿결과 은은한 눈빛도 매력적이다. 리는 이대로 오래 있고 싶어진다.

"혹시 말야, 여자를 사본 적 있어?"

"누구나 있지."

"누구나는 아닐 텐데."

"매춘은 인류가 시작된 이래 여성의 가장 오래된 직업이었다고 하잖아. 몰랐어?"

"당신, 참 뻔뻔스럽다."

리는 그렇게 말한다. 리는 Y가 정말로 출판사 편집장인지 의심스러울 때가 있다. Y는 어리석고 여성혐오적이다. Y는 아내와 아이들을 돌보지 않으며 오로지 주말에만 집에 있는 남편이고 아빠다. 리는 Y가 어떤 남자인지 잘 알고 있다. Y는 밖에서는 존경받는 사회인이다. 어떤 여자들은 책을 내기 위해 그와 잠자리를 함께한다. 어떤 여자들은 호색한인 그가 어떤 섹스를 할지 궁금해서 잠자리를 함께하기도 한다. 리는 후자일까? 숱 많은 머리에 적당히 운동을 한 몸에, 폴 스미스의 셔츠로 젊은 분위기를 연출하고, 편집장으로 충분한 월급과 지위까지 얻은 그의 주변에는 언제나 여자들이 수두룩하다. 육아에 지친 아내에겐 섹스를 피하고 싶은 남편이지만, 리와 같은 여자들에겐 비밀로 즐기기에 부담 없는 상대다. 게다가 Y는 여성들의 취향에 80퍼센트는 부합해주는 '신사'이기도 하다. 리는 Y와 보내는 달콤한 순간들을 사랑하지만 '그와 똑같은 사람이 내 남편이라면?' 하는 생각이 미치자, 생각하기를 그만두기로 한다.

Y는 리의 손목과 발목에 연고를 바른다.

"나중에 상처가 남을지도 몰라."

리는 Y의 자상함에 질투를 느낀다. Y는 아내에게 늘 이렇게 친절할까? 아내 생각이 떠오를 때마다 리는 "섹스는 스포츠야"라고 되뇐다.

"기억에 남는 사람은 있어? 아내 말고?"

"결혼하기 전에 만나던 여자. 착하고 좋았어. 멋있었지."

Y는 오른쪽 검지로 자신의 오른쪽 귀를 가리킨다.

"이쪽 귀에다 '헤어져도 이 귀만은 내 것이야'라고 말하고 간 여자가 있지."

Y의 한쪽 귀는 어릴 때부터 들리지 않는다. 친한 사람이 아니고선 Y의 한쪽 귀가 들리지 않는다는 사실을 모른다. Y는 스마트폰을 꺼내 음악을 튼다.

"이렇게 누워서 마일스 데이비스를 들을 때 가장 행복해. 리는 누구 생각나는 남자라도 있어?"

"음, 일본에 와서 처음 만난 사람. 프러포즈도 받았는데."

"거절했구나."

"결혼하면 한 사람이랑만 섹스하는 거, 그건 지겨울 것 같았어."

"기혼이어도 섹스를 즐길 수 있지. 나처럼."

"그 남자가 나를 도와주겠다고 했어. 뭘 도와주려고 했을까? 내 일본 생활을? 아니면 결혼 후의 가사를?"

"인생의 동반자가 되고 싶다는 의미가 아니었을까. 아이보 말이야."

"아이보……. 당신의 아이보가 나처럼 산다면?"

"우리 아내? 무슨 소리야! 그럴 리가 없지. 절대 없을 거야."

"왜 그날 나에게 명함을 주었어? 내가 당신이랑 섹스할 거라고 생각했어?"

"리, 너에겐 말야, 틈이 있어. 나 같은 남자들만 알아볼 수 있는. 너는 견고해. 너는 단단해. 착실하고 차분해. 그런데 말야, 잘 보면 틈이 있어. 그건 말이야, 마일스 데이비스의 독특한 리듬과 같은 거야. 그 엇박자를 알아보는 거지. 나 같은 사람만이. 나처럼 마일스 데이비스를 사랑하는 사람한테만 더 잘 보이는 그런 게 있어. 너의 그 엇박자 같은 그런 거."

"있잖아, 우리 다음번에 디즈니랜드 갈래?"

"내가? 이 나이에?"

"난 거기가 식민지 엔터테인먼트의 최고봉이라고 생각해. 미국이 역사상 남긴 모든 과오들을 미화하고, 아예 오락으로 바꿔버린 곳."

"난 네 옷을 벗길 때가 가장 행복해. 그리고 이렇게 누워 있을 때가. 여기가 나의 엔터테인먼트의 최고봉이라고."

0:05 a.m.

신주쿠의 게이바에는 누마모리 부장과 사에, 가노와 사사키가 술잔을 앞에 두고 앉아 있다. 리는 사에의 메시지를 받고, 신주쿠로 향했다. 사에는 오늘이 끝나기 전에 생일을 축하하는 의미로 한잔 마시자고 했다.

"서프라이즈!"

사에 혼자 있을 것이라 믿어 의심치 않았는데 낭패였다. 리는 애써 굳은 표정을 풀며, 사에 옆에 앉았다.

"선배, 이제 마흔이 되신 건가요?"

윗입술에 1센티는 되어 보이는 검은 반점이 있는 가노가 물었다. 가노는 스포츠형 머리에 다부진 체격이다. 학창시절에는 럭비 선수로 활약했다고 한다. 저 검은 반점에 키스를 하면 어떤 느낌일까? 리는 요즘 자신의 솔직한 생각을 솔직하게 받아들이기로 한다. 입 밖으로 내지는 않지만, 그런 생각들을 애써 부끄럽게 여기지 않는 법을 서른아홉이나 되어서야 터득한 것 같다.

"입은 비뚤어져도 말은 바르게 하라고 했다. 서른아홉이라니까! 삼십 대와 사십 대가 다른 거 모르니?"

사에가 가로막는다.

"마흔 언저리, 요즘 말로 하면 어라운드 포티죠."

사사키가 잇는다.

"서른아홉이든, 마흔이든 거기서 거기지 뭐."

리가 무심하게 답한다.

누마모리 부장의 술잔에는 물방울이 방울방울 맺혀 있다. 누마모리 부장의 손가락은 촉촉하게 젖어 있다. 리는 Y의 젖은 손가락을 생각한다. 위스키를 마시던 Y가 젖은 손가락을 리 안에 넣은 적이 있다. 리는 Y의 그 손가락을 떠올린다. 리는 다리를 오므린다. 누마모리 부장의 손가락은 Y와 닮았다. 누마모리 부장은 Y보다 조금 어린 거품경제 이후 세대다. 일본에선 그들을 '잃어버린 20년 세대'라 부른다. 베이비붐 세대의 자식들이다. 거품경제를 일궈온 베이비붐 세대는 그 은총을 모조리 자신들의 자식 세대가 아니라, 바로 아랫세대인 거품경제 세대에 안겨주었다. 부모 세대와 선배 세대의 경기 좋은 시절을 보고 자랐지만 그가 대학을 졸업했을 때, 일본은 취직 빙하기였고 그의 친구들의 3분의 1은 일류대학을 나오고도 비정규직이 되었다. 그래서일까? 누마모리 부장은 Y처럼 들떠 있지도 않았고, 쉽게 여자를 만나지도 않는 것 같았다.

"진토닉이요."

리는 카운터바 안쪽의 짧은 헤어스타일 여장남자에게 진

토닉을 주문한다. 진토닉은 3분도 채 되지 않아 리 앞에 놓였고, '젠'이라 불리는 여장남자는 리 앞에 땅콩을 안주로 내놓는다. 리는 고맙다고 말한다.

"자, 그럼 다 같이 건배합시다!"

누마모리 부장과 사에와 리, 그리고 가노와 사사키가 잔을 부딪친다. 누마모리 부장은 젠에게도 한잔을 선물한다. 젠은 애매한 표정으로 술잔을 받아든다. 신주쿠 3초메丁目는 일명 '게이의 거리'라 불린다. 이곳의 70퍼센트의 가게가 여장남자들의 가게다. 남장여자보다 여장남자가 훨씬 많다. 리는 그 이유를 알 수 없었다. 여장남자의 거리에서도 남장여자는 흔한 존재가 아니다.

젠은 다른 여장남자들처럼 애교를 부리거나 수다를 떨지 않았다. 눈두덩을 보라색이나 파란색으로 칠한 젠을 한 번도 본 적이 없었다. 젠은 눈썹을 시원스럽게 그리고, 입술에만 빨간 립스틱을 바르고 있다. 마스카라를 칠한 젠의 긴 속눈썹은 젠의 표정을 우울하게 연출하는 도구다. 젠은 큰 소리를 낸 적도 없고 수다스럽지도 않다. 아니, 젠은 가게를 운영하기엔 너무 냉정하고 도도한 인상이다. 그럼에도 젠을 좋아하는 손님들은 많았다. 줄을 설 정도로 인기가 있는 바는 아니었지만, 언제나 손님들로 북적거렸다. 젠의 옆에는 젠과 정반대인 수지가 서 있다. 그녀는 노란 원피스에 보라색 머리띠를 두르고 있다. 듬직한 어깨와 어울리지 않게 날씬한 다리를 하고 있다. 수지는 영구 제모를 한 걸까? 리는 뜬금없이 수지의 다리털이 궁금해진다. 수지의 입 주변에는 파운데이션으론 감출 수 없는 시퍼런 수염 자국이 남아 있다. 입 주변은 영구 제모가 불가능한 걸까?

"영구 제모 따위가 뭐라고."

리의 입 밖으로 뜬금없는 말이 흘러나온다. 사에는 놓치지 않는다.

"아직도 안 했어?"

"내 다리털이 그렇게 궁금해?"

"나는 궁금한데."

누마모리 부장은 장난스럽게 말한다.

"저도요."

가노도 맞장구친다.

"전 털이 좀 있는 여자가 좋던데. 겨드랑이 털을 민 직후의 그 따가움이 좋아요. 그거 굉장히 섹시하지 않아요?"

사사키가 거든다. 사에가 피식 웃는다. 리도 웃는다. 사내 보안팀에 근무하는 사사키는 도호쿠 지방 출신이다. 도쿄에서 대학에 다니던 시절에 동일본 대지진이 일어났다. 다행히 사사키 부모는 근무 중이었고, 해일의 희생자가 되지 않았다. 한참 어린 사사키는 얼마 전 대리 직함을 달았다. 영화배급사의 보안팀은 열악하다. 사사키와 곤도 부장, 둘로 구성되어 있고 사내 트러블의 절반 이상을 사사키가 해결했다. 사사키는 능청스러운 부분이 있었다.

"털이 있는 여자가 살아 있는 느낌이 나는데. 제가 깎아주는 것도 좋아해요."

"해보셨어?"

누마모리 부장이 묻는다.

"예전 제 여자친구요."

"됐다. 그만하자."

누마모리 부장은 적당한 선을 넘지 않는다. 그가 고르는 영화들도 적당한 선을 넘지 않는 것들이다.

"오늘은 어땠어? 삼십 대 마지막 생일인 거잖아."

"어땠긴. 그냥 그랬어."

"싱겁다."

"그렇지 뭐."

리의 시큰둥한 반응에 사에는 "생맥주 추가요!"를 외친다. 사사키와 가노도 추가 주문을 한다.

"오늘 말이야, 일 벌였어."

"맞아요. 오늘 사에 선배, 터뜨렸어요."

"뭘? 무슨 소리야?"

리가 무심하게 묻는다.

"리, 놀라지 마. 우리, 결혼하기로 했어."

누마모리 부장이 대답한다. 리는 술도 깨고 잠도 달아나 다시 한번 묻는다.

"네? 부장님이요?"

"응, 우리 결혼하려고 해."

사에가 나선다.

"우리 사귀는 거, 알고 있었던 거 아냐?"

"짐작은 했지."

"사에 씨도 이제 서른아홉이고, 마흔이 되기 전에 식을 올릴까 해."

"일은 어쩔 건데? 회사 그만 둘 거야?"

"서른아홉, 돈도 없고 아이도 없다! 남편 하나 얻었다고 일을 그만둘 수야 없지."

"이 두 분 때문에 오늘 회사 뒤집어졌어요."

사사키와 가노가 무릎을 치며 웃는다.

"왜 하필 오늘인데?"

"왜 오늘이면 안 돼?"

"사십 대 이후에 결혼할 수 있는 확률은 남자가 1.2퍼센트, 여자가 2.7퍼센트. 나에겐 마지막 기회야."

"며칠 전에 우리 어머니가 쓰러지셨어. 큰일은 아니었는데, 살아계시는 동안 효도할까 해서. 사에 씨도 동의했고."

"어차피 결정된 거, 빨리 하려고 해."

사에는 털이 하나도 없는 하얀 손가락으로 맥주잔 위를
훑는다.

"부장님, 사에 선배, 다시 한번 축하합니다."

가노가 말한다.

"내가 오래 사귀었던 사람이 있었어. 알잖아?"

사에는 리를 보며 속삭인다. 누마모리 부장도 고개를 끄덕
인다. 누마모리 부장은 사에의 완벽하게 제모된 손등을 살살
쓰다듬는다.

"학창시절에. 나는 학생이었고, 그때 그 사람은 회사원이
었지. 회사원하고 사귀니까 내가 어른이 된 느낌이더라. 결혼
까지 생각은 못 했지만, 그렇게 헤어질 줄 몰랐어."

리가 대학원을 졸업하고 신입사원으로 입사했을 때, 사에
의 첫인상은 무서운 선배였다. 나이는 같아도 사에는 십 년을
근무한 대선배였고, 리는 한국에서 건너와 갓 대학원을 졸업
한 나이 많은 신입사원이었다. 나이가 많다는 이유로 이력서
도 못 내본 회사가 대부분이었다. 신입사원 나이 항목이 없는
회사를 찾다가 입사를 하게 되었고, 사에는 리의 잘못된 일본
어를 교정해주고, 비즈니스 매너를 가르쳐주었다.

사에는 딱히 친절하지도 않았지만, 무례하지도 않았다. 사
에는 업무 이외의 것을 리에게 주문하지 않았고 리의 사생활

에 간섭하지 않았다. 대학원을 졸업한 나이 든 신입사원인 리는 사에를 보조하면서 일을 배웠다. 사에는 리에게 많은 것을 묻지 않았지만, 가끔 회사 일이 끝난 후 같이 술을 마시기도 했다. 리는 사에에게 오랜 연인이 있었고, 그가 젊은 여자와 결혼했다는 이야기를 소문으로 들었지만, 억지로 캐묻지 않았고 사에도 더 이상은 밝히지 않았다.

누마모리 부장과 사에는 잘 어울렸다. 사에는 일본 여자치곤 큰 키에 가지런한 치아, 그리고 영구 제모로 얻은 매끈한 팔다리를 가지고 있었다. 누마모리 부장은 회사의 신임을 받고 있었고, 후배들도 잘 따르는 인성 좋은 사람이었다.

이십 대인 가노와 사사키는 결혼하고 싶다고 부럽다며 투정 부리다가 "내가 번 돈을 여자와 아이가 다 쓴다는 거잖아. 끔찍해!" 하고 입술을 비쭉 내밀었다가 "매일 한 여자랑 사는 것도 지겨울 것 같아"라며 킥킥댔다.

"그래도 한번 해보고 싶다. 저녁에 집에 갔는데 불이 켜져 있고, 귀여운 여자가 밥도 해놓고 나를 기다리고 있으면 얼마나 좋을까?"

리는 "꿈 깨!"라고 말했다. 모두가 세상에서 가장 행복한 밤이라도 된다는 듯 깔깔거리며 웃었다.

사사키와 가노를 먼저 보내고 난 뒤, 누마모리 부장과 사에와 리는 신주쿠의 밤거리로 나왔다. 아침부터 오던 비가 멈쳐서일까. 신주쿠의 새벽 2시는 고요하고 깨끗하다. 신선한 공기가 리의 온몸을 감싸 안는다. 금세 겨울이 올 것이다. 누마모리 부장이 택시를 세우려고 앞서 걷기 시작한다. 스물아홉의 리와 달리 서른아홉의 리는 진심으로 사에의 결혼을 축하해주고 싶었다. 리는 더 이상 초조하지 않았고 자신의 처지가 불편하지 않았다.

"누마모리 부장으로 만족해?"

리가 묻는다.

"그게 좀 작긴 해."

리와 사에는 유쾌하게 웃는다. 사에는 리의 귓속에 속삭인다.

"리, 실은 말야, 그 남자는 한쪽 귀가 들리지 않아."

리에게 그 한마디를 남기고 사에는 앞서 가서 누마모리 부장의 팔짱을 낀다. 누마모리 부장은 택시를 잡아 리에게 양보한다.

"먼저 가."

리는 택시 안에서 누마모리 부장의 땅콩만 한 페니스를 떠올리고 올라오는 웃음을 터뜨리고 만다. 그러다 문득 Y와 사에를 떠올린다. 사에는 Y의 연인이었을까? 리는 기억을 더듬는다. 데이코쿠 호텔 앞, 리가 Y와 함께 택시에 오를 때, 리는 멀찍이 서 있던 사에의 모습을 본 것 같기도 하다. 리는 거기까지만 생각하기로 한다. Y는 사에나 리보다 훨씬 젊은 여자와 결혼했다. 그리고 아이를 낳고 살고 있다. 리와 섹스를 즐기면서. 리는 곰곰이 생각해본다. 결혼을 해야 할까? 리도 가끔은 결혼을 생각한다. 그러다가 고개를 젓는다.

T는 리에게 호감을 느끼고 있고, 리 역시 T에게 호감이 있다. 동갑인 T는 이야기가 통하고, 신사적이다. 하지만 일 년을 만나도 잠자리를 가질 생각이 없는 T를 리는 이해할 수 없다. 게다가 원하지도 않은 음식을 자상한 표정으로 덜어주는 남자는 가부장적임에 틀림없을 거라고 가늠한다.

O는 사회생활을 시작한 직후다. O는 지적이고 인물이 훤칠하다. 리는 O의 페니스의 크기만 떠올려도 가슴이 뛸 정도다. 하지만 리 위에 군림하려 드는 O를 구슬리며 살 자신은 없다.

Y는 또 어떤가. Y는 가학성애자가 아니다. 하지만 Y가 리의 팔다리를 포박하고 페니스를 넣을 때, 리는 더할 나위 없는 쾌감을 느낀다. 리는 Y와 다양한 역할을 즐기며 섹스하는 것을 좋아한다. 하지만 Y에겐 가정이 있다. 만일 Y가 이혼을 하고 집을 나온다고 해도 리는 Y를 받아들일 생각이 없다. Y는 누구와 살아도 바람을 피울 것이다. 그것이 Y이기 때문에.

리는 때로는 T와, 때로는 O와, 때로는 Y와 식사를 하고 섹스를 즐길 것이다. 그것이 리이기 때문에. 누군가는 결혼을 선택하고 아이를 낳고 살 것이다. 리는 철저히 이기적이고 싶다. 리는 섹스를 오가며 살 것이다. 리에게 섹스는 스포츠가 아니다. 아무런 감정 없이 체모를 맞대고 싶지는 않다. 그렇다고 숭고한 사랑을 전제로 섹스를 나눌 생각도 없다. 리는 자신의 맘에 드는 이와 온전한 쾌락을 추구하고 싶다. 상대가 꼭 한 사람일 필요도 없다. 리는 자신의 마음에 맡기고 싶었다. 그것은 리에게 극히 자연스러운 일이었다. 마치 리가 지극히 우연히 대한민국에서 태어난 것처럼. 마치 리가 지극히 우연히 일본에 살고 있는 것처럼. 그렇게 말이다.

리는 무사하고 싶었다. 시부야역이 변해도, 2020년에 올림픽이 열려도, 온전히 리로서 무사히 도쿄에 자리하고 싶었다. 홀로 사는 삶은 유별난 것일까. 리는 차라리 무난한 인생이라고 생각한다. 연애를 즐기지만 그 이상을 바라지 않는 일은 차라리 자연스럽지 않은가. 언제라도 헤어지고 언제라도 시작할 수 있다. 결혼이라는 제도나 가정이라는 틀 안으로 편입되지 않기 위해 계속해서 안간힘을 쓰자고 리는 결심했다. 서른아홉이면 어떤가. 적어도 스물아홉의 그 불안정한 시절과는 다르지 않은가. 리는 안도했다.

그런데 대체 T의 아이보는 누구일까? 비론에서 "내가 널 도울 거야"라고 말했던 테오가 떠오른다. 왜 하필 오늘 T는 리를 비론으로 데려갔을까? 테오, 비론, 무라카미 하루키, 아이보, 노르웨이산 가구를 살 거야. 혹시……. 생각이 그쯤에 미쳤을 때, 휴대폰이 진동한다.

—생일 축하해. 오늘 도착할 예정이었는데, 어쩌다 보니 이 밤중에 신주쿠에 도착했어. 지금 올 수 있겠어? 내일부터 학회라 당분간 도쿄에 있을 거야.

휴대폰에 찍힌 K의 메시지를 보며 리는 피식 웃는다.

—미역국 저녁에 챙겨 먹었어.

K의 문자를 무시하고 리는 엄마에게 문자를 보낸다. 택시 안 라디오에서도 마키하라 노리유키가 〈돈나 도키모〉를 열창하고 있었다.

어떤 때라도 방황하는 날들이 하나의 대답을 찾아줄 수 있을 거라, 나는 알고 있으니까.

리의 여정

불가사의한 공간 不思議空間

―꿈의 미로 夢の迷い道

정의신

정의신

1957년 효고현 히메지에서 태어났다. 1987년 극단 신주쿠 료잔파쿠 설립에 참여해 희곡을 집필하기 시작했고, 1993년 〈더 테라야마〉로 제38회 기시다 구니오 희곡상을 수상한 후, 영화계로 진출하여, 같은 해 〈달은 어디로 떠 있는가〉로 마이니치 영화 콩쿠르 각본상, 키네마 준보 각본상 등을 수상했다. 1996년에 신주쿠 료잔파쿠를 탈퇴한 후 연극, 영화, 티브이 드라마 등 다방면에서 다양한 작품을 발표해왔다. 대표연극으로 〈야키니쿠 드래곤〉 〈파마가게 스미레〉, 영화는 〈사랑을 구걸하는 사람〉 〈형무소 안에서〉 등이 있다. 희곡 이외의 작품으로는 한국에서 처음으로 단편소설 〈불가사의한 공간〉과 〈소프트보일드〉를 《소설 도쿄》에 실었다.

"여기에 우물이 있었어요. 여름에는 우물에 수박을 넣어 뒀다 차갑게 해서 먹었는데. 아직도 기억이 생생해⋯⋯. 우물이 있던 거, 손님은 모르죠?"

"나도 기억나."

"어머, 본 적 있나 봐요?"

"우리 할머니 집 맞은편이었거든."

"그 우물 말인데, 꽤 깊어서 아무리 내려다봐도 바닥이 안 보였어요. 어두컴컴한 구멍만 보였지⋯⋯."

여자의 코맹맹이 소리와 상냥한 간사이 사투리 억양이 졸음을 부른다.

내 오른쪽 귀는 여자의 적당히 살이 오른 허벅지에 바짝

닿아 눌려 있고, 왼쪽 귀에서는 여자가 조심스레 귀지를 파내는 소리가 들린다.

그 소리는 두레박에 매달린 동아줄이 도르레에서 쭉 미끄러지는 소리와도 닮아 있다. 불투명한 유리창 저편으로 하늘하늘 벚꽃이 떨어진다.

'귀 파주는 가게'의 간판을 발견한 것은 편의점에서 〈스포니치¹〉와 슈크림을 사서 집으로 돌아가는 길이었다. 밤샘을 하면 왠지 단 게 당긴다. 파자마 위에 도테라²를 걸친 마흔 넘은 아저씨—게다가 수십 개비의 담배와 수십 잔의 커피로 얼굴이 시커먼—가 슈크림을 계산대 위에 올려놓는다는 것은 솔직히 여간 쑥스러운 일이 아니다. 그래서 〈스포니치〉도 함께 사면서 "내가 먹을 거 아니야. 아내가 있잖아, 스포츠 신문 사러 가는 길에 슈크림도 좀 사 오라길래 말이지. 그래서 사 가는 거야. 절대로 내가 먹을 게 아니라니까" 하듯 변명 섞인 연출을 섞어 본다. 아내라니, 있지도 않은 아내라니.

평일 주택가에는 사람 흔적은커녕 개미 한 마리도 눈에 뜨이지 않는다. 눈치 볼 것도 없이 슈크림을 우걱우걱 입안에

---

1 마이니치 신문사 계열의 스포츠 신문으로 '스포츠 닛폰'의 줄임말이다. 일본의 중년 남성을 대표하는 신문이라 할 수 있다.
2 안에 솜을 넣고 누빈 일본식 반코트.

쑤셔 넣으며 걷는다. 여기저기 마당마다 봄이 성큼 다가와 있다. 벚꽃 몽우리가 어느새 한껏 도톰하게 부풀어 올랐고, 백목련이 하늘을 향해 다소곳하게 두 손을 모으고 앉아 있다. 천리향의 달콤한 향기가 미적지근한 바람에 실려 온다.

"이런 곳에 세탁소가 있었군…… 어이구, 벌써 동백이 피었네."

혼자 너털너털 걷다 보니 나도 모르는 사이에 꽤 멀리까지 와버렸다. 완만한 비탈길에 못 보던 공동묘지가 보이고, 대나무숲이 하늘을 뒤덮고 있다. 이런 길이 있었군. 언덕을 따라 올라가 봤더니, 처마가 낮은 옛 단층집들이 어깨를 나란히 한 골목이 나타났다. 세피아 색으로 물들어 있는 막다른 골목에 다다르자, 그 골목에 어울리지 않게 우람한 벚나무가 분홍 꽃잎을 휘날리고 있었다. 그 벚꽃이 하늘하늘 떨어지는 아래쪽으로 시선을 돌리자 '귀 팝니다'라고 적힌 간판이 외롭게 걸려 있었다.

"손님, 졸리면 주무셔도 되어요."

여자는 내 몸을 살짝 흔들어 반대편으로 몸을 돌리게 했다. 이번에는 오른쪽 귀에 귀이개를 부드럽게 넣는다. 여자의 푹신푹신한 배가 코끝에 닿았다. 뱃살이 파도처럼 출렁출렁 흔들렸다. 바닥에도 벽에도 기름종이가 잔뜩 달라붙어 있

는 이 방은 이전에 어딘가에서 본 것 같다. 어디였을까. 기억
의 두레박을 조심스레 내 앞으로 끌어당긴다. 자장가처럼 끊
임없이 지나간 이야기를 하는 여자의 목소리와 함께 나는 깊
은 잠의 우물로 스르륵 빠져들었다.

소년이 할머니와 둘이 사는 동네는 작은 언덕 위에 있었
다. 언덕 위에서는 붉은 벽돌의 형무소와 하얀 타일로 분칠한
병원과 그리고 회색 벽을 두른 화장터의 굴뚝이 보였다. 소년
의 부모는 고철상을 하고 있었고, 가게는 동네에서 좀 떨어진
곳에 있었다. 고도성장의 파도는 이 작은 지방 도시에까지 들
이닥쳐, 몸이 열두 개라도 모자랄 만큼 바쁜 나날들이었다. 소
년의 부모에겐 소년을 돌볼 여유가 없었다.

동네에는 가난한 사람들이 머리를 맞대고 서로를 의지하
며, 옛 생활을 굳건히 지키면서 살고 있었다. 밭을 일구고, 돼
지를 키우고, 제사를 지내기 위해 맛있는 음식을 늘어놓고는
큰절을 올렸다. 소년의 할머니 집 맞은편 우물은 동네 사람들
의 생명을 관장하는 장소이고, 사교장이자, 때로는 젊은 남녀
가 사랑을 속삭이는 장소이기도 했다.

할머니는 소년에게 바다 저편, 할머니가 소녀 시절을 보낸
곳의 이야기를 자장가처럼 몇 번이곤 들려주었다.

"파란 뽕밭이 거 있었제……. 뽕잎을 묵으면 입안이 온통

파래지갖고……. 저녁때가 되든 울 엄마가 저짝에서 이 할매 이름을 불렀다 아이가. '돌아온나, 돌아온나' 하고 말이제."

이야기하다가 할머니는 눈물을 흘렸다. 할머니의 까칠까 칠한 발에 자신의 발을 가져다 대고 할머니가 들려주는 이야 기를 들으며 소년은 어느새 잠이 들었다.

소년은 이 동네가 마음에 들지 않았다. 밭에 거름을 뿌리 는 일도, 돼지의 울음소리도, 좀처럼 변하지 않는 생활도, 소 년에게는 따분하고 끔찍했다. 매일 밤, 술에 취한 옆집 할아버 지가 딸내미를 윽박지르는 소리가 들렸다. 할아버지는 소년 이 알아들을 수 없는 말로 난동을 피웠다. 살림살이를 던지고 깨고 부수고, 그러다 어느새 밖으로 뛰쳐나와 밤하늘을 향해 욕지거리를 퍼부어댔다.

그 집 딸내미는 혼기를 놓친 후 아버지와 단둘이 살고 있 었다. 웃으면 삐뚤삐뚤한 덧니가 훤히 보이는 그 누나는 키가 크고 어깨가 떡 벌어진 체격이었다. 할아버지가 다 된 아버지 한 명쯤은 마음만 먹으면 거뜬히 때려눕힐 수 있을 거라고 소 년은 생각했다. 실제로 옆집 누나는 자기에게 집적거리던 별 볼 일 없는 낯선 남자를 때려 눕혀, 콧대를 부러뜨린 적도 있 었다.

그 집 누나가 시집을 간다는 소문이 온 동네에 퍼졌다. 모 두가 귀를 의심했지만 할아버지가 더 이상 타박하지 않는 걸

보니, 아무래도 진짜인 듯했다.

"내가 좋은 곳에 데려다 줄게."

그렇게 말을 건넨 옆집 누나는 소년을 병원 근처 '에덴'이라는 유리문 달린 다방으로 데려갔다. 누나는 소년을 위해 핫케이크를 주문했다.

시럽이 듬뿍 뿌려진 핫케이크는 황금색으로 빛났다. 세상에 이런 음식이 있었다니! 소년은 눈을 동그랗게 떴다. 핫케이크를 나이프로 잘랐다. 시럽이 접시 위로 흥건하게 흘러내렸다.

"맛있어?"

늘 그렇듯 훤히 보이는 덧니를 손으로 감추지도 않고 누나는 생글생글 웃으며 소년에게 물었다. 그 얼굴이 프로레슬링 선수 오오키 긴타로[3]와 닮아 있다고 생각하면서 소년은 몇 번이곤 고개를 끄덕였다.

"잘됐다······."

웃으려고 애쓰던 누나가 갑자기 눈물을 흘리기 시작했다.

"왜, 왜 울어······. 누나······. 울지 마."

누나는 어깨를 들썩이며 필사적으로 눈물을 멈춰보려고 했지만, 눈물은 한 방울 두 방울 끊임없이 뺨을 타고 흘러내

---

3 大木金太郎, 프로레슬러, 김일 선수가 일본에서 활동할 때 쓰던 이름이다.

렸다. 소년은 아직 서른이 넘은 여자를 위로할 수 있는 어떠한 말도, 방법도 알지 못했다. 누나가 갑자기 작은 여자아이가 된 것 같아, 소년은 가슴이 무너질 것 같았다.

벚꽃잎이 얼굴을 간지르는 느낌에 눈을 뜨자, 근처 공원의 벤치 위였다. 나도 모르는 사이에 잠이 든 것 같다. 얼굴 위로는 벚나무가 양손을 드높여 펼치고 있었다. 그 사이로는 파란 하늘이 걸려 있었다. 좀 전까지만 해도 '귀 파주는 가게'에 있었는데, 주변을 둘러보니 나를 수상히 여기는 아파트 단지 주부들이 내 쪽을 힐끔힐끔 쳐다본다. 죽은 줄 아나 보다. 재빨리 벤치에서 몸을 일으켜 길을 걷기 시작했다. 백일몽이라도 꾼 것일까. 고개를 갸우뚱거렸다. 요 며칠 밤샘을 해서 피곤했나 보군. 그래서 벤치에서 나도 모르게 까무룩 잠이 들었나 봐.

그렇게 생각해보려 했지만 아무래도 이해가 되지 않았다. 여자의 보드라운 넓적다리와 출렁이던 뱃살의 느낌이 생생하다. 집으로 가면서 골똘히 생각해보았지만, 딱히 명쾌한 대답을 찾지 못했다. 잠결에 이전에 살던 동네에 간 꿈을 꾼 것 같긴 한데 '귀 파주는 가게'에 있던 그 여자에게서 할머니의 모습은 찾을 수 없었다. 할머니가 '귀를 파는' 기묘한 장사를 했단 얘기도 들은 적이 없다.

문득 할머니 옆집에 살던 누나가 떠올랐는데, 얼굴이 떠오르지 않았다. 웃으면 덧니가 보였던 것 같은 기억이 나는데 아무리 생각해봐도 생김새가 떠오르지 않았다. 길거리에서 마주쳐도 아마 모르는 사람처럼 스쳐 지나갈 것이 분명했다.

집에 도착하자, 방 안에는 엷은 보라색 연기가 자욱했다. 테이블 위의 재떨이에는 담배꽁초가 가득 쌓여 있고, 자료는 여기저기 흩어져 있었다. 빨래 바구니에서는 빨래들이 삐져나와 나뒹굴고 있었다. 치우는 일은 내일로 미루고 여하튼 좀 쉬어볼까 싶어 이불 속으로 파고들어 갔다. 그때 문득 떠올랐다.

'누나는 자살해서 이젠 없는데…….'

옆집 누나는 결혼에 두 번 실패한 후, 우물에 몸을 던졌다. 두 번 모두 원하지 않은 결혼이었다는 이야기를, 그곳에서 떠나와 나중에 어른이 된 후에 어머니에게 들었다.

'귀 파주는 가게'의 그 여자는 옆집 누나였을까. 마흔이 넘어서 아직 결혼도 안 하고 피곤함에 절어 밤새 원고를 쓰고, 지칠 대로 지친 위장 속에 겨우 슈크림 따위를 쑤셔 넣는 나를 불쌍히 여겨 찾아와 준 것일까. 잠시나마 평온을 주기 위해 성큼 달려와 준 것일까.

아니지, 아니야. 그건 그냥 잠시 선잠이 든 상태에서 꾼 꿈이었을 뿐이야.

그 동네 자체가 꿈이었던 것 같다. 바다 저편에, 꿈에도 그리운 장소가 있다고 믿어 의심치 않으며, 현실을 잊은 채, 현실조차 꿈으로 환원시켰던 것이다.

　그 동네는 이미 주택가로 변해, 이전에 거기 살던 이들은 이제 아무도 그곳에 없다. 그토록 그 동네를 싫어했는데, 가끔 할머니의 까칠까칠한 발의 감촉과 함께 사무치게 그립게 느껴지는 날도 있다. 할머니는 끝내 바다 저편의 고향 마을로 돌아가지 못한 채 어느 추운 겨울 아침, 이불 속에서 차갑게 식어 있었다.

　이불을 머리 꼭대기까지 뒤집어쓰자 이내 다시 졸음이 몰려왔다. 잠결에 옆집 누나 얼굴을 어떻게든 생각해내려고 애써봤지만, 도무지 떠오르지 않았다. 누나 얼굴은 감쪽같이 잊었는데, 그날 먹은 핫케이크의 달콤함과 보드라움은 여전히 혀끝에서 쉴 새 없이 되살아났다. 그래서 몹시 서글프고 무척 미안했다.

소프트보일드

ソフト−ボイルド

정의신

정의신

1957년 효고현 히메지에서 태어났다. 1987년 극단 신주쿠 료잔파쿠 설립에 참여해 희곡을 집필하기 시작했고, 1993년 〈더 테라야마〉로 제 38회 기시다 구니오 희곡상을 수상한 후, 영화계로 진출하여, 같은 해 〈달은 어디로 떠 있는가〉로 마이니치 영화 콩쿠르 각본상, 키네마 준보 각본상 등을 수상했다. 1996년에 신주쿠 료잔파쿠를 탈퇴한 후 연극, 영화, 티브이 드라마 등 다방면에서 다양한 작품을 발표해왔다. 대표연극으로 〈야키니쿠 드래곤〉 〈파마가게 스미레〉, 영화는 〈사랑을 구걸하는 사람〉 〈형무소 안에서〉 등이 있다. 희곡 이외의 작품으로는 한국에서 처음으로 단편소설 〈불가사의한 공간〉과 〈소프트 보일드〉를 《소설 도쿄》에 실었다.

하드보일드[hard-boiled]

'완숙으로 삶은 달걀'이라는 의미에서 냉혹, 비정하다는 의미. 문학에서 감정을 나타내지 않고 객관적인 태도와 문체로 사실을 묘사하는 수법.

—〈고지엔[1]〉(이와나미 서점)

소프트보일드[soft-boiled]

'반숙'이라는 의미에서 나약, 우유부단의 의미.

문학에서 감정을 드러내고, 주관적인 태도와 문체로 때로는 진

1 広辞苑, 이와나미 서점에서 1955년부터 간행된 일본어 사전.

실 이외에 거짓도 섞어가며 묘사하는 수법. 미성숙한 것, 철이 들지 않은 사람 등을 가리킬 때 쓰기도 한다.

"아니, 그 열쇠지갑, 아직도 갖고 다녀요?"

현관문을 열려고 하는 나에게 J는 뜻밖이라는 듯 묻는다.

"이젠 좀 바꿀 때가 된 것 같은데?"

"부적인데, 어떻게 바꿔!"

복도 전등이 나갔는데 취기가 올라와 열쇠 구멍을 찾기가 쉽지 않다.

"이리 줘봐요."

J는 열쇠 지갑을 내 손에서 낚아채 현관문을 연 후, 익숙한 손놀림으로 전등을 켠다.

방안에는 한 번도 걷은 적이 없는 듯한 이불이 깔려 있고, 세탁물은 산더미처럼 쌓여 있으며, 바닥에는 자료가 뒹굴고 있어서 발 디딜 틈도 없다.

"인생이 아예 발효되어 버렸네."

"냅둬."

나는 옷도 갈아입지 않은 채 이불 위에 누웠다. 머리가 핑핑 돈다.

노래방에서 신나게 놀다가 나도 모르게 평소보다 술을 많이 마신 듯하다.

J는 제멋대로 서랍을 열어 익숙한 손길로 파자마를 꺼내와 갈아입는다.

"칫솔은요?"

"맨날 있는 데."

"싱크대 위요?"

"초록색이야."

J와 나는 Y 영화전문학교에 다닐 때부터 친하게 지내는 사이다. 이러니저러니 10년 이상 되었을까. J는 다섯 살 어렸는데, 어딘가 통하는 데가 있다. 시시껄렁한 농담이나 주고받으며 낄낄거리는 사이다.

"변한 게 하나도 없어."

"뭐가요?"

"우리 말야."

"저는 변했어요."

"거짓말."

"잘 보세요. 뚱뚱보가 되었잖아요."

"아저씨니까 별 수 없지."

"아저씨라니! 누가 할 소리!"

"야, 창문 좀 열어봐."

"귀찮아요. 직접 여세요."

"나는 벌써 이불 속이야."

"으이구, 참……."

J가 창문을 열자 차가운 겨울바람이 방안으로 들이친다.

"좋다!"

"춥기만 하네."

"들어봐. 여기가 아닌 어딘가인데, 모르겠다, 여기인지도
모르겠는데, 아파트가 있거든. 여기랑 똑같이 생긴……."

"그건 또 무슨 소리예요?"

"어쨌든 내가 그 아파트 문고리에 걸려 있는 빛바랜 티셔
츠거든……."

"에휴, 됐어, 됐거든요. 얼른 주무세요."

머리가 빙빙 도는데 기분은 좋았다. 세상이 평소보다 가깝
게 느껴졌다.

"열쇠지갑 어디에 둘까요?"

"대충 거기 놔둬."

"없어졌다고 찾을 거면서."

"안다니까."

"근데 이거 참 오래 쓰시네. 이거 좀 수상한데……. 누가
준 거야?"

"……."

"방금 산 전철표도 잃어버리시는 분이……."

"그 열쇠지갑은 특별한 거야."

소프트보일드

"어디가 특별한데요?"

"몰라. 안 가르쳐줄래."

"치사하긴!"

J가 쓱쓱싹싹 이를 닦는 규칙적인 소리가 나를 잠으로 이끈다.

여기저기 올이 풀리고 손때가 묻은 그 까만 가죽 열쇠지갑을 선물한 사람은 스낵바[2] 'K'의 마담이다.

지금으로부터 8년쯤 전, 나는 세이부 신주쿠선 S역 근처에 살았다. 스낵바 'K'는 내가 살던 아파트에서 걸어서 5분 정도 거리의 한적하고 쓸쓸한 골목길에 있었다.

"잠자는 사내가 왔습니다! 어머니, 잠자는 사내가 왔다니까요."

내가 마치 암호를 말하듯 속삭이면, 가게 안쪽에서 "잠자는 사내라고?" 하는 마담의 쉰 목소리가 들려온다.

"네, 잠자는 사내예요. 얼른 문 여세요."

뻑뻑해진 문이 삐걱삐걱 소리를 낸다. 머리가 새하얗고, 주름이 깊은 마담이 문을 열고 얼굴을 빼꼼 내민다.

"좀 졸고 있었어."

가게 안으로 들어서면, 왼쪽으로 방이 하나 있다. 그 방에

---

2 노래방 기계가 있고, 손님을 접대하는 여자 종업원이 있으며, 주로 바 카운터가 있는 가게. 일본에서는 '스낙쿠'라고 부른다.

는 지저분하고 색 바랜 이불이 언제나처럼 깔려 있다. 베갯머리에는 먹다 남은 찌개와 대충 쌓아놓은 문고판 책들이 놓여 있다. 마담은 가게에서 일도 하고 생활도 했다. 스낵바 'K'는 마담의 가게이자, 생활 터전이었다.

"아이구, 그렇게 서 있지 말고 얼른 들어와 앉아."

이 가게에는 가게와 어울리지 않게 통나무 원목 제재 한 장을 써서 만든 근사한 바 테이블이 있다. 그 바 테이블 안쪽으로 마담이 들어간다. 가게 문을 열던 당시, 인테리어에 꽤 큰돈을 들였다고 한다.

"위스키밖에 없는 거 알지?"

"니혼슈³를 먹으려고 왔는데."

"어디, 사람이 그렇게 까다로워서야 쓰겠어?"

"……."

스낵바 'K'는 손님의 요구에 응해본 적이 한 번도 없다. 가게 구석에는 번듯한 노래방 기계가 설치되어 있었는데, 노래 좀 하게 해달라고 아무리 애걸복걸해 봐도 "지금 기계 상태가 나빠서 안 돼"라며 단칼에 거절했다.

정성들여 손으로 제작한 유리 찬장에서 마담이 위스키를

3　日本酒, '일본주'라고 하며, 일본 정종을 말한다. 한국 등지에서는 '사케'라고 부르기도 한다. '사케'는 원래 일본에서는 '술'이라는 의미로 쓰이며 맥주, 와인, 위스키, 정종 등 모든 술을 뜻한다.

꺼내와 유리잔에 콸콸 붓는다.

"물도 좀 타줘요."

"위스키에 물 타는 건 도리가 아니지."

"그럼 얼음이라도 좀……."

"없어."

"……."

"손님 주제에 무슨 요구가 그렇게 많아?"

마담은 자기 잔에도 찰찰 넘치도록 위스키를 따른다.

"너무 많이 마시지 마요."

"시끄러워, 잠자는 사내."

"그 잠자는 사내도 좀 그만하세요."

"내가 뭐 거짓말 했나? 술 좀 마시면 곧바로 잠들어버리잖아."

나는 술의 양이 조금만 과해도 금세 잠들어버리는 버릇이 있다. 12시가 넘으면 잠든다고 해서 주변 사람들은 '신데렐라 보이'라고 부르기도 한다. 처음 이 가게에 끌려왔을 때도 의자에 앉자마자 쿨쿨 잠들어버렸다.

마담의 성격으로 볼 때, 나 같은 타입의 손님은 "다시는 오지 마" 하고 내쫓을 것 같은데, 이상하게도 "다음번에 올 때는 문 앞에서 '잠자는 사내가 왔어요' 하고 문을 두드려. 그러면 열어줄게. 나는 말야, 단골이 아니면 안 받거든" 하며 마담은 집으로 가는 나에게 가게 문 여는 비법을 알려주었다.

내가 물도, 얼음도 섞지 않은 위스키를 홀짝홀짝 마시고 있을 때, 마담은 내 옆에서 물처럼 꿀꺽꿀꺽 위스키를 들이켰다.

"그만 좀 마셔요."

"알코올중독이야. 술도 안 마시고 어떻게 살아."

오렌지색 조명 아래, 깊은 주름이 그림자를 만든다. 빗질도 하지 않은 머리칼은 여기저기 헝클어져 있다. 마담이 겨우 마흔 중반이란 소리를 듣고 사실은 무척 놀랐다. 이미 예순이 넘은 나이라고 생각했었다.

"수전증이에요?"

"심각하진 않아."

"……."

"마취도 잘 안 들어. 200까지 숫자를 셌는데도 잠이 안 오는 거야. 의사도 기가 막힌다고 하더라고."

"그러다 죽어요."

"몰래 슬쩍슬쩍 마시면 괜찮아."

"요즘은 무슨 책 읽어요?"

"마쓰모토 세이초[4]."

---

4 松本淸張(1909-1992), 1953년 《어느 고쿠라 일기전》으로 아쿠타가와상을 수
   상한 후 《잠복》《모래그릇》《점과 선》 등을 남긴 일본 추리소설의 대가다. 그의

마담은 책을 좋아했고 언제나 문고판 서적이 몇 권씩 머리맡에 놓여 있었다.

"나이가 들어서 그런지 이제 어려운 책은 못 읽겠어. 그러니까 읽고 싶은 책이 있으면 가져가. 괜찮아."

"다 추리소설이에요?"

"재밌어. 몇 장만 읽어도 푹 빠져버려."

"하드보일드는 어때요?"

"그게 뭐야?"

"뭐랄까……. 아주 건조한 글인데요, 인생을 허무한 시선으로 본다고 할까……."

"에이, 그런 건 됐어. 심심풀이로 읽는 건데 일단은 재밌어야지."

"《포스트맨은 벨을 두 번 울린다》라는 책이 있는데, 한번 읽어 봐요."

"무슨 제목이 그렇게 길어? 외울 수가 없네. '점과 선'이라든지 '잠복'이라든지 짧은 제목으로 좀 해줘."

"재밌다니까요."

"그럼 가져다주면 읽을게."

"알겠어요. 다음 번에 꼭 가지고 올게요."

작품은 지금도 드라마와 영화로 꾸준히 제작되고 있다.

제임스 M. 케인의 《포스트맨은 벨을 두 번 울린다》를 처음 읽은 것은 대학생 때였던가. 그 쿨한 마지막 장면에서 나는 헤밍웨이를 읽었을 때보다 더 가슴이 떨렸다.

케인 자신은 '하드보일드 파'라고 불리는 것을 좋아하지 않았다는데 《포스트맨은 벨을 두 번 울린다》를 읽은 나는 "음, 완벽한 하드보일드군……" 하며 의미도 모른 채 잔뜩 흥분해 있었다.

그 간결한 문체, 정서를 완전히 배제시킨 건조한 표현, 독자를 쭈욱 잡아끄는 흡입력 있는 스토리 전개……. 나는 '하드보일드'에 홀딱 반한 노예가 되었다.

스낵바 'K'에는 오늘 밤에도 손님이 찾아오지 않았다. 아마 오늘 밤만이 아닐 것이다. 문이 열쇠로 잠겨 있는 데다 마음에 드는 손님이 아니면 문도 열어주지 않았고, 게다가 마담이 알코올중독이니 어느 누가 가벼운 마음으로 찾아와 편하게 술을 마실 수 있을까.

낡고 빛바랜 비로드 커버가 씌워진 의자와 각기 다른 검은색 가죽 보조 의자가 여덟 개 정도 늘어선 바에서 나는 혼자 위스키를 마신다.

"그거 다 마실 때까진 집에 가면 안 돼, 잠자는 사내."

"벌써 졸려요."

소프트보일드

"내 얘기 좀 듣고 가."

마담의 레퍼토리는 언제나 똑같다. 자신이 버린 딸 자랑이다. 마담은 언젠가 딸과 함께 살날을 꿈꾸고 있다.

마담이 종알종알 이야기를 하고, 그 옆에서 나는 꾸벅꾸벅 노를 젓기 시작한다.

"이봐, 잠자는 사내, 듣고 있어?"

"아, 네, 네……."

나는 대충 대꾸하며 점점 깊은 잠에 빠져든다.

《포스트맨은 벨을 두 번 울린다》를 지금 다시 읽어보니 하드보일드 소설이 아니라, 풋풋한 연애소설로 느껴진다. 그 건조한 문체 아래, 억눌러도 억눌러도 솟구쳐오르는 미칠 듯한 사랑의 감정이 용솟음친다.

떠돌이 프랭크는 숨어 있던 트럭의 건초더미에서 더러운 짐승처럼 내동댕이쳐진 후, '트윈 오크스'라는 캘리포니아라면 흔하게 있을 법한 길거리 샌드위치 가게에서 발길을 멈춘다. 케인은 소설 초반부터 일찍이 운명적 만남을 예감하게 한다. '만일……'은 존재하지 않는다. 트럭에서 내동댕이쳐진 후 캘리포니아에 얼마든지 있을 법한 샌드위치 가게 '트윈 오크스'에서 주인인 파파다키스 밑에서 일하게 되고, 그 아내 콜라와 운명적인 만남을 갖게 된다.

그 여자를 본 것은 그때였다. 그때까지 안쪽 조리실에서 일하다가 내 그릇을 치우러 들어왔던 것이다. 몸매야 어떻든 기막힐 정도의 미인까지는 아니었다. 뚱한 표정의 그녀는 콱 뭉개버리고 싶을 만큼 입술을 삐죽 내밀고 있었다.

그리스인 남편에게 진저리가 난 아내, 콜라와 젊은 뜨내기 프랭크. 이 둘이 만났으니 이제 무슨 일이 벌어질지는 굳이 말하지 않아도 될 것이다. 성냥개비 하나만 슬쩍 그어도 모든 것이 불타오를 것이다.

나는 그 여자를 양손으로 끌어안고 입으로 여자의 입술을 꾹 눌러버렸다……. "깨물어요. 깨물어줘요!" 깨물어줬다. 입술에 이를 깊이 박자, 내 입안에 피가 흘러들어오는 것이 느껴졌다. 여자를 안고 위로 올라갈 때 피는 여자의 목덜미를 따라 흐르고 있었다.

이 부분만 떼어놓고 보면 흡사 관능적인 성인소설처럼 보인다. 그렇지만 케인이 그리고자 한 것은 욕정으로 점철된 궁상맞은 불륜이 아니라, 어디까지나 보이지 않는 운명의 끈으로 연결된, 그럼에도 어디에나 있을 법한 그런 사랑의 형태였다.

가까이 다가가 여자의 입술을 살펴보았다. 어찌 되었는지 제대로 볼 기회를 얻은 것은 그때가 처음이었다. 부어오른 것은 가라앉았지만 잇자국이 뚜렷이 남아 있었다. 입술 양쪽에 작고 파란 상처가 남아 있었다. 살짝 손을 대어보았다. 부드럽고 촉촉했다. 키스를 했다. 강하게가 아니라 살짝 부드럽게. 그런 키스가 있다는 것을 한 번도 생각해본 적이 없었다. 그리스인이 돌아올 때까지 여자는 한 한 시간 정도 내 방에 있었다. 우리는 아무것도 하지 않고 누워 있었다. 침대에 누워 있기만 했다. 여자는 내 머리칼을 만지며 우수에 젖은 듯 천장을 보고 있었다.

"블루베리 파이 좋아해?"

"아마, 그럴 거야, 물론이지."

"그럼 나중에 만들어 줄게."

담담한 이 석 줄의 대화 속에 케인은 연인들의 행복한 순간을 그려내고자 한다. 그 순간 프랭크는 뜨내기 청년이 아니며, 콜라 부인은 타인의 아내가 아니다. 그저 흔한 사랑에 빠진 남자와 여자일 뿐.

파파다키스를 살해한 것은 보험금을 노리고 계획적으로 저지른 일이 아니라 두 사람의 사랑을 방해하는 장애물을 없애버리고자 한 결과다. 아니, 사랑을 빌미로 서로를 꽁꽁 옭아매 두기 위한 의식이었는지도 모른다. 파파다키스의 시체를 태운 차가 낭떠러지로 떨어진 것을 확인한 후, 둘은 격정적으로 서로를 탐한다.

정신을 차렸을 때 나는 땅 위에서 여자와 하나가 되어 있었다. 서로를 마주보고 더 힘껏 끌어안고 있었다. 더 가까이 밀착하려고 했다. 그때 내 앞에 지옥의 문이 열린 것인지도 모른다. 열릴 테면 열려라. 만일에 교수형을 받는 한이 있어도 그녀와 함께이고 싶었다.

파파다키스를 살해한 후 두 사람은 후회하지 않는다. 죄의식에 고통받지도 않는다. 단지 어떻게 장애를 물리치고 사랑을 성사시킬 수 있을지만이 중요하다.

살인이라는 사건만 제외하고, 배신하느냐 배신당하느냐의 프랭크와 콜라의 대화는 단순한 연인끼리의 말다툼에 지나지 않는다. 그런 말다툼은 흔하고 달콤한 연인 간 대화의 일부다.

케인은 《나의 소설 작법》에서 "소설 속 연인들의 첫 만남이 너무 흔하게 묘사되었다며, 그(시나리오 작가, 로렌스)가 늘 불평했다. 하지만 내가 바라던 것은 바로 그 몹시 흔한 장면이었다. 운명적인 만남은 그렇게 평범하게 찾아오며, 내가 아는 진실을 그대로 쓰는 것이 이상적인 글쓰기라고 생각한다. 연극처럼 작위적인 인물은 무엇을 해도 못미더워 보인다. (중략) 요즘 나는 스토리를 쓸 때, 아드레날린을 분비시키는 글쓰기에 진보적인 발걸음을 착실하게 남기고 있고, 그것을 실증하기 위해 긴밀한 이야기를 여러 개 써왔다. 이 작법의 어려운 점은 글을 쓰기 전에 '자연스러운 상태'가 되지 않으면 안 된다는 점이다. 매일 그런 상태가 되는 것은 아니다. 자연스러움이 희박한 상태에서 글을 쓰기 시작하면 격정을 목표로 글을 쓰던 중, 그 격정이 빗나가면 사람들의 관심을 끌기 어려운 불완전한 '욕정'에 부딪혀버린다. 또, 반대로 터치가 너무 약하면 에로티시즘이 전부인 습작에 위태로울 만큼 근접해버린다. 사랑이 인생의 전부는 아니지만, 오랜 세월 고민한 문체의 걸림돌들을 넘어서 드디어 고백을 하자면, 나는 한 남자, 한 여자의 관계를 폐쇄적으로 그리기보다 조금 더 열린 의미를 담아 쓰고 싶었다"고 말하고 있다.

'하드보일드'의 기수, 케인이 정말로 쓰고 싶었던 글은 냉혹한 비일상적인 세계가 아니라 인간의 사소한 일상과 사소한 사랑의 형태였는지도 모른다. 때문에 '하드보일드 파'라고 불리는 것을 그렇게나 싫어했던 것이다.

《포스트맨은 벨을 두 번 울린다》는 지금까지 네 번 영화화되었다. 내가 본 것은 그중 두 편이다. 비스콘티 감독 작품과 밥 라펠슨 감독 작품이다. 비스콘티는 이 작품이 자신의 처녀작임에도 일찍이 위풍당당한 품격을 내뿜는. 네오레알리스모(Neorealismo, 초현실주의)의 선구적인 작품이며, 무대를 북이탈리아로 옮겨, 사랑보다 당시의 파시스트 정권하의 어두운 시대적 배경을 그리는 것에 중점을 두었다.

한편 라펠슨은 잭 니콜슨과 제시카 랭, 두 명의 거물급 스타를 기용한 것에서 이미 눈치 챌 수 있듯 애증과 관능에 중점을 두었다. 부엌 테이블 위에서 벌어진 격정적인 성애 장면은 큰 화제가 되었다.

그러나 두 작품 모두, 나에게는 불만족스러웠다. 특히 라펠슨 작품 속의 잭 니콜슨은 해도 해도 너무한다. 딱 그냥 중년의 부랑자 모습이다. 〈엉겅퀴꽃〉의 노숙자가 아니란 말이다. 원작에도 24살이라고 적혀 있듯 프랭크는 청년이다. 《포스트맨은 벨을 두 번 울린다》는 케인이 바라듯 흔한 사랑이야기여야만 한다. 어디에나 있을 법한 러브 스토리여야만 보편적인 공감대를 형성할 수 있는 작품이다.

《포스트맨은 벨을 두 번 울린다》처럼 일인칭으로 전개되는 이야기 중에 메리메의 《카르멘》이 유명하다. 두 작품 모두 격정적인 사랑과 그에 따른 비극적인 결말을 그린 이야기다. 돈 호세도 프랭크도 결국엔 잃어버린 사랑을, 자신의 것이 될 수 없는 사랑을 절절하게 노래한다. 그들은 더 이상 영웅이 아니다. 고통 속에서 잃어버린 사랑을 향해 절규하는 한 사람의 남자일 뿐이다.

그들이 그렇게 눈물을 흘릴 때, 비로소 돈 호세도 프랭크도 친구처럼 우리 앞에 나타나고, 우리들은 그제야 그들의 사랑을 가까이에서 받아들이고 함께 눈물을 흘릴 수 있다.

나는 지금 무척 긴장해있다. 그 일을 잊으라고 누군가 음식물에 약이라도 탄 게 아닐까 의심한다. 나는 되도록이면 생각하지 않으려고 애쓴다. 그 일을 생각하지 않으면 나는 콜라와 함께 있을 수 있다. 우리들 머리 위에는 푸른 하늘이 펼쳐지고, 주변에는 맑은 물이 흐른다. 앞으로 얼마나 행복해질지, 언제까지 행복할 수 있을지에 대해 우리는 이야기를 나눈다. 여자와 함께 있으면 나는 커다란 강 위에 떠 있는 느낌이다. 맥코넬 신부가 불어넣은 것이 아니라 진정한 우리의 미래가 보이는 것 같다. 여자와 함께라면 믿을 수 있다. 천천히 그것을 그려가다 보면 어느새 물거품이 되어 사라져버린다.

집행은 연기되지 않았다.

그들이 가까이 다가온다. 기도가 구원이 된다고 맥코넬 신부가 말한다. 여기까지 읽어줬다면 나와 콜라를 위해 기도해주오. 여기가 아닌 곳에서 나와 콜라가 함께 있을 수 있기를!

햇빛과 새소리에 나는 깜짝 놀라 눈을 뜬다. 바 카운터에 팔꿈치를 올리고 아침까지 쿨쿨 잠들어버렸나 보다. 전철이 움직이는 소리가 들려온다.

마담은 유리잔을 한 손에 들고 꾸벅꾸벅 졸고 있다. 마담처럼 지친 가게가 뽀오얀 아침 햇살에 윤곽을 드러낸다. 이전엔 분명 화려했을 터인데, 지금은 허름하고 잊혀진 장소다.

결국 손님은 나 말고는 아무도 찾아오지 않았다.

나는 마담을 흔들어 깨운다.

"이제 갈게요. 벌써 아침이에요."

"벌써 아침이라고……. 아침 참 지겹다……."

아쉬운 듯 마담이 중얼거린다.

"얼마예요?"

"천 엔."

스낵바 'K'의 술값은 항상 천 엔이었다. 한 잔을 마시건 열 잔을 마시건 같았다. "내 맘이 괴로워서 기분 전환하려고 하는 가게야"라며 천 엔 이상 받은 적이 한 번도 없었다.

가게 앞까지 마담이 강아지처럼 쫄래쫄래 따라 나온다. 아직 무언가 할 말이 남았다는 듯.

가게 앞, 아침 햇살 아래 커다란 나팔꽃이 그윽한 향기를

소프트보일드

뽐내며 환하게 웃고 있다.

"이것 좀 봐. 이렇게 곱게도 피었네. 이 나팔꽃, 내가 심은 거야."

마담이 골목길에 쪼그리고 앉는다. 나는 어서 집에 가고 싶은데 발이 떨어지지 않는다.

"내년에도 볼 수 있으면 좋겠다."

아침 햇살이 마담의 등을 비춘다. 마담은 한층 나이가 들고 한층 더 왜소해 보였다.

"…… 술, 끊어요."

"끊으려고 마음만 먹으면 언제든지 끊을 수 있어."

"……."

"근데 금주는 또 너무 무료해. 자고 일어나서 책을 읽고…… 그게 다잖아."

"……."

"근데 말이지, 나 말야, 앞으로 이제 또 어떻게 살아가면 좋을까……?"

마담이 애원하는 듯한 눈으로 나를 올려다본다.

나는 아무 말도 못 한 채 그저 머쓱하게 서 있다. 여름의 아침은 짧고, 태양은 어느새 이글이글 불타오르고 있다.

"앗, 잠깐만, 줄게 있어. 가지 말고 좀 기다려."

마담이 서둘러 가게 안으로 뛰어 들어가, 무언가를 찾기 시작한다. 가게 밖으로 바스락거리는 소리가 새어 나온다.

"금세 또 올게요."

"잠깐 기다리라니까."

마담이 무언가를 손으로 조심스럽게 감싸고 나온다. 손을 펼치니 검은 가죽 열쇠지갑이 얼굴을 드러낸다.

"가게 오픈할 때 기념으로 만든 거야. 어때, 라이터보다 센스 있지?"

열쇠지갑을 열자, 금박으로 찍힌 스낵바 'K'의 전화번호가 보인다.

"멋있지?"

마담이 미소 짓는다.

"받아도 돼요?"

"어차피 남은 거야. 줄 사람도 없고."

"……. 그럼 또 올게요."

"응, 기다릴게. 잠자는 사내."

발길을 돌리기가 쉽지 않았지만 일단 가게를 나선다. 뒤돌아보니 마담이 골목길 입구에서 소녀처럼 손을 흔들고 있다.

"의신이 형, 일어나세요."

J가 나를 흔들어 깨운다. 나는 졸린 눈을 비비며 일어난다.

"얼른 일어나요. 옷도 갈아입고. 같이 라면 먹으러 가기로 했잖아요."

"아침부터 라면은 무슨……."

"벌써 대낮이에요."

"라면은 됐고. 속도 안 좋아."

"어젯밤에 밥 사주신다고 약속했잖아요."

"오늘은 좀 봐줘라."

"어쩔 수 없네. 그럼 오늘은 S 소바집에 가서 수타 소바나 먹읍시다."

"어허, 또 이렇게 바가지를 씌우네. 라면보다 비싸잖아."

나는 어쩔 수 없다는 듯 옷을 갈아입는다. J는 언제 일어 났는지 옷도 갈아입고 입에 담배를 물고 있다.

"아까 말야."

"뭐가요?"

"어젯밤에 꿈을 꿨거든."

"무슨 꿈이요?"

"여기가 아닌 다른 곳, 아니 여긴지도 모르겠네. 이런 아파 트, 여기랑 똑같이 생긴 아파트가 있어."

"……."

"근데 말야. 내가 그 아파트 문고리에 걸려 있는 색 바랜 후줄근한 티셔츠였거든."

"어젯밤에 들은 것 같은데……."

"그랬어?"

"그래서요?"

"뭐?"

"그래서 어떻게 됐어요?"

"그게 다야."

"그게 다예요?"

"그게 다야."

"쳇, 개꿈이네요."

아파트를 나서자 해는 이미 중천에 떠 있었다. 겨울의 흐릿한 햇살은 마치 아직도 꿈을 꾸는 양 희미하고 아득하다.

어릴 때, 나는 빨리 어른이 되고 싶었다. 어른이 되면 하드보일드한 생활이 기다리고 있을 거라 믿어 의심치 않았다.

그런데 어른이 된 나는 소프트보일드한 날들을 보내고 있다. 철도 덜 들었고 인생에 대해 이래저래 질척질척 미련만 많다. 여기가 아닌 어딘가, 여기일지도 모를 어딘가에 있는 아파트 문고리에 걸려 있는 색 바랜 후줄근한 낡은 티셔츠처럼 바람에 이리저리로 펄럭펄럭 나부끼고 있다.

마담은 그날 아침에 헤어진 후, 반년도 지나지 않아 세상을 떠났다.

아무리 문을 두드려도 소식이 없자 이상하게 여긴 단골손님이 문을 부수고 들어갔더니, 마담이 이불 위에서 차가워진 몸으로 누워 있었다고 한다. 가족도 없어서 단골손님 몇 명이 모여 조용히 장례를 치렀다고 들었다.

나는 그날 이후 바쁘다는 핑계로 한 번도 가게를 찾아가지 않았다.

마담이 죽고 일 년쯤 지나 스낵바 'K' 앞을 지날 때 힐끗 보았더니 새 간판이 달려 있었다. 가게 앞에서는 어떤 여자가 길바닥에 물을 뿌리고 있었다. 마담이 내내 얘기했던 마담의 딸과 비슷한 또래에 비슷한 생김새였다.

마담은 생전에 이렇게 말했다.

"언젠가 딸이랑 같이 이 가게를 할 거야. 지금은 이렇게 허름하지만, 우리 딸이 미인이거든. 딸이랑 같이 하면 술술 다 잘 풀릴 거야."

"발 좀 질질 끌고 걷지 마세요."

J가 나를 다그친다.

"머리 깨지겠다."

"요즘도 매일 마셔요?"

"매일 마시지."

"맨날 패스트푸드나 먹고, 앉아서 원고만 쓰는 거죠."

"담배도 뻐끔뻐끔, 커피도 꿀걱꿀걱이지."

"그리고 밤에는 야키토리 집[5]에서 술 한잔?"

"그렇지 뭐."

"그러다 죽어요."

"……."

"뭐 다른 재밌는 거 없어요? 인생의 낙 같은 거……."

"그런 거 없어. 뭐가 있겠어."

"술 좀 줄여요."

"알겠어. 근데 말이지, 술도 없이 어떻게 살아? 안 마시면 기운이 안 나……."

"……."

"괜찮아. 나는 안 죽어."

"……."

"살다 보면 언젠가 좋은 날도 있겠지."

"아휴, 닭살 돋아. 대사가 후졌어요. 극작가 선생님치곤 진부해."

S 소바집의 간판이 보인다. S 소바집의 '도로로 소바[6]'는 누가 뭐래도 인생의 낙이다.

나는 이따금 마담과 헤어진 그해 여름날 아침을 떠올린다.

---

5 닭꼬치구이와 술을 파는 집. 야키토리는 '닭꼬치'를 말한다.
6 마를 곱게 갈아 메밀국수 위에 올려 먹는 요리.

"근데 말이지, 나 말야, 앞으로 이제 또 어떻게 살아가면 좋을까……?"

그렇게 내게 묻던 마담에게 제대로 답해주지 못한 내 자신이 마지막까지 원망스럽다.

그리고 언제까지나 소녀처럼 손을 흔들던 마담의 모습을 떠올리면 슬픔이 한가득 밀려온다.

하드보일드란 '하드보일드하게 살아보고 싶다'는 인간의 간절한 바람인지도 모른다.

최저가 매물에 주의하세요

激安物件にはご用心を

송재현

송재현

2011년 일본에 건너와 일본문학을 공
부했다. 2017년 독립문예지 〈영향력〉
에 단편소설이 실린 것을 계기로 작품
활동을 시작했다. 현재 일본에 거주하
면서 꾸준히 번역하고 글을 쓰며 지내
고 있다.

0.

처음에는 운이 좋다고 생각했다.

1.

나쁘지 않은데.

부동산 직원 어깨 너머로 들여다본 집의 첫인상이었다. 나쁘지 않네. 그것을 전하기 위해 도훈을 곁눈질했지만, 남편은 눈앞에 나타난 공간을 응시하느라 시아를 돌아보지 않았다.

유학을 준비할 때 집 구하는 일은 계획에 없었다. 학교 기숙사를 믿었기 때문이다. 도일 날짜를 며칠 앞두고 추첨에서 떨어졌다는 메일을 받았다. 두 사람은 서로의 얼굴과 컴퓨터 화면을 번갈아 쳐다보았다. 둘 중 한 명은 오독誤讀했길 바라며. 결국 도훈이 먼저 한숨을 쉬었다.

"부부실이 없대."

"결혼하고 유학 오는 사람이 그렇게 많대?"

시아의 질문은 도훈이 대답할 수 없는 사항이었다.

그날 이후 두 사람은 구글 지도와 일본 부동산 사이트, 도쿄 지하철 노선표를 보며 집을 찾기 시작했다. 시아는 일본어 능력시험 N1에, 도훈은 N2에 막 합격한 참이었다. 그런 두 사람에게 일본의 지명과 부동산 용어는 수수께끼 같았다. 이거 읽어 봐. 오오몬? 다이몬? 이건 오오이마치인데 이건 하마마쓰초래. 가사이라는 지명을 찾아온 건 도훈이었다. 시아는 지하철 노선표를 훑는 도훈의 손끝을 눈으로 좇았다.

"여기서 지하철을 타면 학교까지 한 번에 가. 23구 안인데 집세도 안 비싼 편이야."

시아는 들어본 적 없는, 말 그대로 한 번도 들어본 적 없는 지명을 입속에서 중얼거렸다.

"거기 뭐가 있는데?"

"글쎄. 수족관. 큰 수족관이 있다고 하네. 디즈니랜드도 근처고, 밤에는 불꽃놀이를 볼 수도 있대."

위치를 정했다고 집을 바로 구할 수 있는 것도 아니었다. 구글 위성사진과 평면도만 보고 동네와 집을 상상하는 데는 한계가 있었다. 더 현실적인 문제로 보증인을 구해야 했다. 다행히 외국인 학생인 경우에는 학교가 보증인이 되어주는 제도가 있었지만, 일본에 건너와서 정식으로 입학 절차를 밟은 후가 아니면 곤란하다는 게 학교 측 입장이었다.

　결국 두 사람은 단기 계약 레지던스에 머물며 집을 찾기로 했다. 임시숙소에 괜한 돈을 쓰는 게 아닐까 걱정했는데 다행인지 불행인지 일이 생각처럼 풀리진 않았다. 우선 부동산마다 보유한 집이 달라서 서너 곳을 돌아다니며 사정을 설명해야 했다. 당장 마음에 드는 집을 발견할 때도 있었지만, 보통 조건에 맞는 집을 찾았다는 연락이 오기를 며칠 기다린 후에야 집을 볼 약속을 잡을 수 있었다. 하루에 볼 수 있는 건수는 많아야 서너 채에 불과했다. 시아는 빈집을 드나들며 일본 집의 작음에 놀랐다. 다음으로는 비쌈에. 두 사람이 겨우 살 만하다 싶은 집은 월세가 백만 원을 가볍게 넘었다. 빌릴만한 값이다 싶은 집에는 크고 작은 결함이 있었다. 욕실이 없거나 거실 한가운데 싱크대가 달린 식으로. 적당한 가격에 하자 없는 집은 주인이 외국인을 받지 않았다. 물리치고 밀려나는 사이 레지던스 계약 만료일이 닷새 앞으로 다가왔다.

　오늘 찾은 집, 하이츠 선플라워(정확히는 하이쯔 상후라와—) 201호실 월세는 주변 시세의 절반 수준이었다. 평면도상 문제가 없었으니까 그렇다면 분명히 위치가 이상할 거라고 시아는 짐작했다. 경사면에 서 있거나 옆집에서 방 안이 그대로 보이거나.

도훈은 한숨을 쉬었다.

"이제 이 동네 집은 다 봤어. 여기 아니면 다른 역 주변을 알아보거나 예산을 올려야 해."

둘 다 두 사람이 원하는 바는 아니었다. 늘 안내해주던 담당자가 선약이 있어서 다른 직원이 두 사람을 맡았다. 도훈과 시아도 아직 젊었지만, 새 담당자는 막 대학을 졸업한 듯 아직 젊음에도 미치지 못한 신입사원이었다. 부동산에서 하이츠 선플라워까지는 도보로 10분. 세 사람은 걸어가기로 했다. 밖에서 일본어로 대화하는 건 거의 시아였다. 시아는 읽고 쓸 수 있는 것보다 서너 배쯤 말을 잘했다. 남의 말을 잘 듣고 오래 곱씹는 버릇이 회화 능력으로 이어진 모양이었다. 앞서 걸으며 새 담당자는 종종 시아에게 말을 붙였다. 한국에서 오셨다고요. 일본은 지내기 어떠세요. 유학 오셨다고 들었는데 같은 학교세요? 아, 남편분만. 실례가 안 된다면 학교가. 학교 이름을 말하자 새 담당자는 엘리트시네요! 하고 감탄했다. 이제까지 입을 다물고 있던 도훈이 더듬거리며 대답했다. 아직 일본어도 잘 못 합니다.

시아와 도훈은 한 뼘 간격으로 붙어 있는 단독주택들을 바라보다가 이쪽이에요, 하는 부동산 직원의 말에 몸을 돌렸다. 하이츠 선플라워는 낮은 언덕길 끝, 또 다른 맨션과 주차장 사이에 서 있었다.

상주 경비원 없음. 엘리베이터 없음. 3층 이하 맨션에는 엘리베이터가 없는 경우가 많아요. 큰 택배 받으실 때는 불편하실 수도 있는데, 2층이니까. 그렇게 말하며 직원은 미소를 지었다. 난처한 이야기를 꺼낼 때 보조개가 들어간 미소를 짓는 게 이 사람의 특징인 것 같았다.

신입직원이 먼저, 그 다음에 시아가, 맨 끝에 도훈이 좁은 계단을 올라갔다. 직원이 가방에서 꺼낸 실내화를 신고 집안에 들어서며 시아는 우선 깊이 숨을 들이마셨다. 이상한 냄새는 나지 않았다. 현관은 주방과 식당, 거실이 한데 뭉친 공간으로 바로 이어졌다. 왼편 작은 문 안쪽이 욕실과 화장실이라는 것은 이제 열어보지 않아도 알았다. 오른편 미닫이문 너머는 거실과 같은 크기의 방이었다. 단순한 구조. 이런 집을 일본 사람들은 '1LDK[1]'라고 불렀다.

도훈이 눈에 보이는 문을 전부 열며 바삐 살펴보는 동안 시아는 나른한 오후의 햇살이 비치는 집안을 천천히 움직였다. 역시 나쁘지 않은데, 하고 생각하며.

"이런 집이 있다니 드문 일이네요. 절반 정도……. 주변에

---

1 'Living, Dining, Kitchen'의 일본식 줄임말. 거실, 식사 공간, 부엌의 첫 글자를 딴 것이다.

비해……."

시세라는 말이 떠오르지 않아 말끝을 얼버무리자 직원이
얼른 알아채고 대답했다.

"그렇죠. 이 정도 월세면 1DK가 대부분이죠."

거실이 사라지고 주방이 바로 방에 연결된다는 의미다. 그
건 원치 않았다. 도훈이 혼자 공부할 방이 있는 게 서로에게
좋을 거라고 시아는 생각했다. 그 마음을 읽은 것처럼 "베란다
쪽 방을 공부방으로 쓰면 딱 좋겠네요" 하고 직원이 말했다.

90년대에 지어진 건물이었지만 방 안은 낡은 외관에 어
울리지 않게 깨끗했다. 이상한 공간도 없고 크게 손상된 곳도
없는 것 같았다.

"왜 이렇게 쌀까요?"

시아는 머릿속에 떠오른 복잡한 질문을 가장 단순한 형태
로 만들어 입 밖에 내놓았다. 직원이 보조개가 한껏 팬 웃음
을 지으며 대답했다.

"글쎄요."

2.

부부가 각자 이민 가방과 캐리어를 끌고 이동하는 것으로
이사는 끝났다. 도훈이 입학하기 전에 그동안 미뤄 두었던 생
활용품과 가구 쇼핑을 끝내기 위해 두 사람은 분주히 돌아다

넜다. 작은 집이지만 새살림을 꾸리는 데는 품이 들었고, 밤이 되면 도훈은 발포주 한 캔을 마시고 금방 잠들었다. 시아는 거꾸로 잠이 잘 오지 않았다. 혼자 깨어 있을 땐 집 안에서 들려오는 소리에 귀를 기울였다. 혹시 수상쩍은 소리가 들려오진 않을까. 가끔 밖에서 고양이가 울었다. 아기 울음이나 여자의 흐느낌은 아닌지 주의 깊게 들어보아도 분명 고양이가 우는 소리였다.

집에 문제가 없다면 남은 것은 불편한 이웃뿐인데, 가구를 옮기느라 쿵쿵거린 며칠 동안 쫓아 올라온 사람은 아무도 없었다. 우리가 먼저 뭐라도 들고 가야 하는 게 아닐까. 시아가 제안했지만 도훈은 내키지 않는 눈치였다. "어떤 거? 떡?"

간혹 들려오는 인기척이나 텔레비전 소리로 시아는 이웃 주민의 존재를 확인했다. 방 크기를 생각하면 독신자나 아이가 없는 커플일 것이다. 그중에 우리 또래 여자는 없을까. 여행 에세이나 소설을 보면 호의를 가진 현지인 친구가 꼭 등장하던데. 실제 생활에서 그런 일이 일어날 가능성은 비행기 옆자리에 앉은 사람과 마음이 맞을 가능성만큼 낮은 모양이었다.

4월. 도훈은 정식으로 다시 학생이 되었다. 스물여섯 살에 대학교를 졸업하고 7년 만이었다. 일본에 오고 부쩍 말수가 줄어든 도훈은 영어가 주 언어인 학교에 다니기 시작하자 활력을 되찾는 것 같았다. 도훈이 수업, 스터디 모임, 각종 행사로 바빠진 것과 달리 이사를 마친 후 시아는 무료할 만큼 한가해졌다. 시아에게는 정기적으로 나갈 곳도, 만날 사람도 없었다. 아이라도 있으면 엄마들 모임에 낄 수 있을 텐데. 놀이터 벤치에 앉아 도란도란 이야기하는 주부들을 볼 때는 그런 생각도 들었다. 임신과 출산은 도훈의 학업이 끝날 때까지 미뤄진 상태였다.

핸드폰을 붙잡고 있는 시간이 늘어났다.

—언니, 그건 그거지. 귀신. 나 잘 보는 일본 드라마 알지? 이상한 얘기 많이 나오는 거.

—넌 드라마를 너무 많이 봐. 동호가 같이 보는데 신경도 안 쓰고.

—그러면서 외국어 감수성을 높이는 거지.

화면이 까맣게 흔들리며 아기 얼굴이 클로즈업되어 나타났다. "동호!" 하고 부르자 "이모!" 하는 대답이 돌아왔다. 동생은 "이모랑 놀고 있어 봐"라는 말을 남기고 화면에서 사라졌다. 수돗물 쏟아지는 소리, 베란다 문이 열렸다 닫히는 소리가 분주하게 들렸다. 화면 밖에서 시영이 큰 소리로 말했다.

—그 드라마에 이런 얘기가 나오거든. 딱 언니 같은 이야기야. 어떤 사람이 시세보다 엄청 싼 집에 들어갔어. 그런데 꿈자리는 뒤숭숭하고, 이상한 소리도 들려서 살 수가 없었대.

이 사람이 바빠서 계속 짐 정리를 못 하다가, 집안이 어수선한 게 원인인가 싶어서 밤중에 벌떡 일어나 집을 치우기 시작해. 짐을 다 풀어헤치고, 정리하고, 물건을 집어넣으려고 붙박이장을 딱 열었더니, 빨간 매직으로 그린 소용돌이 낙서가 장 안쪽에 가득―.

시아는 동생의 목소리를 한 귀로 흘리며 한동안 조카와 까꿍 놀이를 했다. 그러다가 갑자기 전화가 끊겼다. 아기가 뭘 누른 모양이었다.

혼자 집에 있을 때 시아는 한국에서 들고 온 관광책자를 자주 뒤적였다. 한동안 가지 않을 여행 계획을 세우며 하코네 료칸의 숙박료가 월급의 몇 퍼센트에 해당하는지 환산했다. 한국을 떠날 때 팔고 온 자동차도 떠올렸다. 차 값은 레지던스비와 이사비용으로 거의 사라졌다.

이럴 줄 알았으면 일을 완전히 그만두지 말걸. 너무 한가한 날에는 그런 생각도 들었다. 일본에 오기 직전까지 시아는 중견 출판사에서 출판디자이너로 근무했다. 대학을 졸업하고 줄곧, 한 번도 쉬지 않고. 소중하기보다는 지긋지긋할 때가 많았다. 본의 아니게 주어진 2년간의 휴식이 시작되기도 전에 짧게 느껴졌는데. 소속이 사라진 것은 초등학교에 입학한 이래 처음이었다. 기대한 만큼 홀가분하지 않았다. 새 학교를 배

정받지 못한 전학생이 된 기분이었다.

송별 파티에서 그런 속내를 내비치자 쉴 땐 쉬더라도 커리어를 계발하는 형태로 쉬라는 조언이 돌아왔다. 디자인학교나 예술학교를 알아보지 않은 건 아니었다. 다만 두 사람분의 학비를 충당하기엔 통장 잔액이 부족했다. 그걸 확인하고 나서는 마음을 접었다. 공부를 더 하고 싶은 건 남편이고, 공부해서 돈을 더 벌 가능성이 높은 것도 남편이니까. 다름 아닌 도쿄에 살면 숨만 쉬어도 감각은 유지될 것 같다는 이상한 기대감도 있었다.

놀러 다닌 횟수가 언니의 안부를 말해주기라도 하는 것처럼 전화 첫머리에서 시영은 언제나 관광 명소를 읊었다. 시부야는 어때? 긴자는 가봤어? 도쿄타워는? 그때마다 시아는 "가려고 마음먹으면 금방이지. 정리가 좀 끝나면 그때부터 움직이려고" 하고 대답했다. 도훈과 나누는 대화 그대로였다. 하지만 이사를 마친 후에도 어딜 가보자는 구체적인 계획은 나오지 않았다. 시간만 착실히 흘렀다.

청소에 정성을 쏟게 된 것도 혼자 집을 보며 생긴 습관이었다. 정돈된 거실에 레이스 커튼을 투과한 빛이 쏟아져 내리는 것을 보면 성취감이 느껴졌다. 그 느낌이 좋아서 점점 청소에 시간을 들이게 되었다. 걸레를 들고 가구와 전기제품을 닦았다. 물티슈로 전등 스위치 위 먼지를 훔치고, 칫솔과 면봉을 들고 창틀에 낀 모래를 빼냈다. 시영의 이야기를 들은 후로는 얼룩이나 긁힌 자국을 한참 바라보게 되었다. 바닥에 쭈그리고 앉아 있으면 언제 거실에 나온 건지 등 뒤에서 도훈의 목소리가 들렸다.

"그냥 적당히 해. 별로 좋아하지도 않으면서."

일본은 살기 편했다. 길가에서 큰 소리로 떠드는 사람도 없었고 거리는 껌 자국 하나 없이 깨끗했다. 편의점에만 들어가도 백화점이 무색하게 친절한 점원들이 있었다. 그래도 시아는 문득 추위를 느낄 때가 있었다. 히터로 뜨거워진 공기가 살갗만 바삭바삭하게 덥혀서 피부 밑은 여전히 차갑게 굳어 있는 것처럼. 4월이 다 갈 때까지 전기장판을 치우지 못했다. 하이츠 선플라워 201호는 시아가 마음을 놓을 수 있는 유일한 장소였다. 가끔 시아는 이 작은 집이 자기를 태우고 표류하는 조각배 같다고 생각했다. 누구도 뭐라고 할 수 없는, 돈을 주고 당당하게 빌린 보금자리. 마음이 어두워질 때는 팔을 걷어붙이고 청소를 시작했다. 집을 갈고 닦으면 안전해지는 것 같았다.

유학을 따라나선 건 자신의 선택이니까 향수병도 제 몫의 책임이라고 시아는 생각했다. 잘 지내느냐는 가족이나 친구의 물음에는 그럼, 하며 웃었다. 어디 부딪히기라도 할까 봐

몸을 움츠리고 사는 기분은 같은 배를 탄 남편만이 알아줄 수 있었다. 그러나 일본에서 보내는 나날이 길어질수록 남편은 이 배 위에서 오래 머무는 사람이 아니란 것이 드러났다. 결혼하고 여태껏 큰 소리를 내는 부부싸움은 한 번도 한 적 없었다. 그 사실을 시아는 내심 자랑스럽게 생각해왔지만, 한국을 떠난 후에는 그저 우연에 불과했을지도 모른다는 의심이 싹텄다.

3.

장을 보고 돌아오는 길에 김상, 하고 부르는 소리가 들렸다. 시아는 근처에 한국 사람이 있나 싶어서 주위를 두리번거리다가 걸음을 멈추었다. 일본에 오고 나서 줄곧 김상으로 통했다는 사실을 떠올렸던 것이다. 보증 서류가 도훈 앞으로 나온 까닭에 집은 도훈의 이름으로 계약했다. 서류를 본 사람들은 도훈뿐 아니라 시아도 김상이라고 불렀다. 한국에선 결혼해도 성 안 바꿔요, 하고 처음 몇 번은 정정했지만, 시간이 지날수록 언제 다시 만날지 모르는 사람에게 일일이 본명을 주장하는 게 무의미하게 느껴졌다.

뒤를 돌아보니 예상대로 부동산 직원이 서 있었다. 같은 매물을 몇 번이나 보여주고 안 그런 척 우기던 남자였다. 도훈은 저 사람이 있는 부동산과는 절대 계약하지 않겠다고 학을 뗐지만, 붙임성만은 좋았던 기억이 났다.

"퇴거가 지난달 말이라고 하셨죠? 벌써 이사하셨겠네요!"

"네, 저쪽에⋯⋯."

적당히 얼버무리려던 시아는 마음을 바꿔 "선플라워라는 맨션 201호실이에요" 하고 대답했다.

"굉장히 싸더라고요. 나중에 귀신이라도 나오면 어쩌죠?"

"어휴, 그럴 리가요. 있을 수 없는 일이죠, 그건."

남자는 크게 헛웃음을 터뜨렸다.

"집세라는 게 시세도 시세지만, 결국 집주인 마음이라서 요. 집이 비는 것 자체를 싫어해서 집세를 싸게 설정하는 오 너도 있어요. 그런 집은 빨리 나갈 텐데 아무튼 운이 좋으셨 네요, 김상."

혹시 귀신이 나오면 다음번엔 저희 부동산에서, 라는 말과 함께 명함을 남기고 남자는 사라졌다. 시아는 명함에 찍힌 이 름을 한동안 응시했다. 자신을 김상이라고 부르는 이마무라 씨를 탓할 것도 없었다. 시아 역시 일본 사람 이름은 읽는 것 도, 기억하는 것도 아직 어려웠다.

도훈은 집에서도 침대 옆 작은 책상을 떠나지 않았다. 대 학원 입시를 준비하기 위해 GMAT니, 토플을 준비할 때보다 더 바빠 보였기 때문에 시아는 속은 기분이 들었다.

도훈이 공부할 때 시아는 거실로 나가 남은 집안일을 했다. 부엌을 정리하고 빨래를 개고. 일이 끝나면 소파에 앉아서 책을 펼쳤다. 일본에 오고 나선 전처럼 책이 잘 읽히지 않았다. 정신 차리고 보면 글자는 하나도 읽지 않고 페이지만 넘기고 있기 일쑤였다. 방에 들어가기 너무 이른 시간일 때는 책을 덮고 웹서핑을 했다. 네이버 뉴스를 읽고 있으면 시침이 금방 11에 이르렀다.

방문을 여니 도훈은 여전히 노트북 위로 바삐 손을 놀리고 있었다. 시아는 의자 뒤를 지나 침대에 누웠다. 책을 다시 손에 들 기분이 나지 않아 한동안 가만히 위를 올려다보았다. 낮은 천장. 부동산 직원인 이마무라 씨에게 들었던 이야기가 두서없이 떠올랐다.

시아는 키보드 소리가 멈춘 틈을 타 물었다.

"이 집, 우리가 들어오기 전엔 비어 있었지?"

"…… 바로 전까지 누가 살았던 것 같아. 아직도 전 주인 이름으로 우편물이 꽤 오거든."

우편함을 들여다보는 것은 매일 정기적으로 외출하는 도훈의 몫이었다. 대부분 우편물이 도훈 앞으로 오기도 했다. 비록 회화 교재 예시문처럼 말하지만 읽고 쓰는 건 시아보다 나은 도훈이 자기에게 온 서류는 혼자 읽고 처리하는 모양이었다. 시아는 눈을 감고 잠이 오길 기다렸다. 다시 빈번해진 마우스 클릭 음이 귀에 거슬렸다.

잘못 온 우편물은 버렸다고 도훈이 말했다. 전부 광고물이라 들고 올라오기 귀찮아서. '귀찮다'는 어휘가 왜인지 귀에 걸려 떨어지지 않았다.

"앞으로 우편함은 내가 확인할게."

도훈의 대답은 한참 후에 돌아왔다. 비로소 잠이 찾아와 의식이 꿈과 현실의 경계에서 떠오르고 가라앉길 반복하고 있을 때였다. 남편이 무엇에 대해 "그래"라고 했는지 깨달았을 때는 눈을 뜨려고 해도 떠지지 않았다. 괴로운 듯, 초조한 듯, 그러면서도 화가 나는 마음을 안고 시아는 잠이 들었다.

전 주인의 이름은 '西山美八'이었다. 한자 위로 후리가나가 떠오르기라도 할 것처럼 시아는 한참 동안 네 글자를 바라보았다. 성이 니시야마라는 건 알겠는데 이름을 읽을 수 없었다. 아름답다는 한자가 들어 있으니까 여성일 것이라고 추측했다.

우편함에는 西山美八 앞으로 온 광고물 말고도 도훈의 학교에서 온 A4 크기의 우편물과 '찌라시'라고 부르는 광고지가 몇 장 들어 있었다. 신문 권유, 막 리폼을 끝낸 역 근처의 밝은 방, 신장개업 이탈리안 레스토랑의 평일 특별 런치. 시아는 모두 집으로 들고 올라와 도훈에게 온 것만 책상 위에 올려놓았다.

나머지는 한데 모아 쓰레기통에 버렸다가 西山美八에게 온 것만 다시 꺼냈다. 하나는 카탈로그 형식으로 된 다이하쓰 신형 경차 광고였다. 다른 하나는 식품 배달 서비스. 웃고 있는 남자 아이 얼굴이 그려진 마크가 눈에 익었다. 거리에서 자주 마주치는 택배 트럭의 정체가 이거였구나. 의문이라고 인식조차 하지 못했던 작은 수수께끼였다. 그래도 정답을 알게 되니 기분이 좋았다.

학기 초가 지나자 도훈에게 오는 편지도 줄었고, 찌라시와 西山美八을 수신인으로 하는 광고만 우편함을 채웠다.

각종 판촉물이 西山美八 앞으로 도착했다. 당장은 엄두를 낼 수 없는 고급 제품도 있었고(르크루제와 랄프 로렌 패밀리 세일), 처음 접하는 잡화도 있었다(손으로 만드는 생활용품 키트 전문점. 안티에이징 영양제. 가나가와 지역 특산품—꿀). 뭐가 됐든 시아는 시간을 들여 꼼꼼히 읽었다.

다 읽은 광고지를 버리지 않고 싱크대 옆에 쌓아두었더니 금방 책 한 권만큼 두꺼워졌다.

"요즘 집에서 뭐해?"하고 식사 도중 도훈이 물었을 때 시아는 몸 어딘가를 바늘로 찔린 것처럼 움츠러들었다.

"왜? 일본에 있는 동안은 쉬기로 했잖아."

도훈이 대학원 입시를 준비하는 동안 기껏 분담해놓은 집안일이 모두 시아에게 넘어왔다. 집안일에는 새벽에 일어나서 공부하는 도훈이 잠시라도 잘 수 있게 학원까지 태워다줬다가 데리고 오는 것, 주말에 혼자 시댁을 방문하는 것도 포함되어 있었다. 특별히 힘들다고 생각하지 않았다. 도훈이 미안한 기색을 보이면 "일본 가면 정말 푹 쉴 거니까"라고 대답했다. 반은 농담이었는데, 지금 도훈이 말하는 걸 듣자 당연한 권리를 침해당한 것 같은 기분이 들었다.

내가 그냥 놀고 있는 것처럼.

"정말 뭐 하고 지내나 궁금해서 물어본 거야. 전시회 다니기로 한 건 어떻게 됐어? 좀 알아봤어? 서점이랑……."

"가는 게 뭐가 어려워. 이번 달엔 지출이 컸으니까 미루고 있지."

식탁 위에는 종갓집에서 나온 달착지근한 수출용 김치, 자반고등어 구이, 미소로 끓인 된장국, 시금치 무침, 간장 소스를 끼얹은 생두부가 놓여 있었다. 한국에서 먹던 것과 이름만 같을 뿐 맛은 모두 확연히 달랐다. 이럴 바에야 일본 음식을 차리는 게 맛있지 않을까, 요리책을 한 권 살까, 시아가 그런 것을 생각하고 있는 동안 도훈은 계속 무언가 말했다. 그 말은 귓속까지 들어오지 못하고 공중에 흩어져 사라졌다.

"뭐 해? 왜 말이 없어?"

"뭐라고 했어?"

"역 앞에 있던 편의점이 없어져서 불편하다고. 뭐가 들어오려나."

"편의점이 없어졌어?"

생선 조각을 나르던 손을 멈추고 도훈이 되물었다.

"몰랐어? 벌써 일주일이나 됐는데."

시아는 그 말에 대답하지 않고 된장국 위에 떠 있는 두부를 떠먹었다. 西山美八에 관한 이야기는 도훈에게 하지 않는 게 좋겠다는 생각이 머리를 스쳤다. 한국 연두부보다 훨씬 부드러운 기누고시 두부가 숟가락 안에 다 들어가지 못하고 반으로 부서졌다.

골든위크는 뭐가 뭔지 모르는 사이에 지나갔다. "회사 안 다니니까 별 감회가 없다. 과제도 많고." 도훈이 달력을 보며 말했다. 시아는 그 옆에 서서 빨갛게 물든 5월 첫째 주를 바라보았다. 그 주에는 시아의 생일이 있었다.

생일을 넘긴 연휴 마지막 날, 오다이바로 나갔다. 관광 명소는 휴가의 말미를 장식하려는 사람들로 붐볐지만 주말 명동 거리와는 다른 한산함이 있었다. 사람도 많지만 공간도 넓잖아, 하고 도훈은 대수롭지 않다는 듯 대꾸했다.

그 대신 음식점은 어디든 대기 인원으로 꽉 차 있었다. 도훈과 시아가 가려고 생각한 레스토랑의 대기 시간은 90분이었고, 그마저도 "뭐라 말할 수 없다"고 대기 명단을 든 직원이 연신 사죄하며 말했다. 가게 앞 벤치에 앉아 기다리는 사람들은 그 기다림이 식사의 일부라도 되는 것처럼 초조한 기색 하나 없이 동행과 잡담을 나누고 있었다.

"어떻게 할까? 기다릴래?"

시아는 고개를 저었다.

두 사람은 푸드코트에서 햄버거를 사 먹고, 밖으로 나가 레인보 브리지를 바라보았다. 무지개라는 이름을 가진 다리는 노랗게 반짝이고 있을 뿐 무지개로는 보이지 않았다.

한동안 도시 숲을 바라본 두 사람은 거대 건담 모형이 있다는 쇼핑몰로 향했다. 오래 걸어 다닌 탓인지 허리에서 둔한 통증이 느껴졌다. 도쿄텔레포트역과 연결되는 다리에 다다랐을 때, 도훈이 중요한 걸 떠올렸다는 듯 말했다.

"이 근처에 국제교류관이라는 기숙사가 있거든. 우리 학교 애들도 많이 산다더라. 시간 날 때 좀 알아보자."

시아는 고개를 끄덕였지만, 한편으로는 자신이 절대 새집을 알아보지 않으리라는 확신이 들었다.

두 사람은 비너스포트를, 도요타 자동차 전시장을, 다이버시티를 과식하듯 꾸역꾸역 돌아다녔다. 집에 도착한 것은 심야에 가까운 시간이었다. 돌아오기 전 다리를 쉬이기 위해 들렀던 카페에서 맥주를 마신 도훈이 화장실이 급하다며 종종 걸음으로 계단을 올라갔고, 시아는 우편함을 확인했다. 그러려고 한 것보다 훨씬 오래 시아는 그 앞에 서 있었다.

누군가 하이츠 선플라워를 향해 걸어오는 기척이 느껴졌다. 이웃의 얼굴이 궁금하면서도 타인의 우편물을 살펴보고 있던 상황이 부끄러워 시아는 그대로 2층으로 올라가려고 했다.

시아를 불러 세운 것은 이웃 사람이었다.

4.

니시야마 미야에게,

휴대폰으로 계속 전화를 걸었지만 연락이 되지 않아 편지를 써.

마지막으로 만난 게 벌써 지난겨울이구나.

그날, 헤어질 때 네 얼굴이 머릿속에서 잊히지 않아. 널 위해 한 말이었지만, 넌 그렇게 생각하지 않는 것 같았어. 내가 한 말이 너에게 상처를 주었다고 생각하면 괴로워.

000-0000-0000, 여전히 이 번호를 쓰고 있니? 내 번호는 그대로야. 편지 읽었다면 한마디만 보내줘.

너 같은 건 정말 싫다는 말도 좋으니까.

네가 잘 지내고, 단지 내 연락만 피하는 것이길.

노다 후유미

노다 후유미로부터 편지가 온 것은 103호실 주민, 안노를 만난 일주일 후였다. 안노는 어두침침한 현관 등 아래서 우편물을 뒤적거리는 시아를 "미야짱?" 하고 불렀다. 심장이 관자놀이로 옮겨온 것처럼 머리가 쿵쿵 울렸다. 꼭 도둑질하다가 들킨 것처럼. 아니, 도둑질이 맞지 않다.

시아는 손에 든 우편물에 시선을 떨군 채 가만히 서 있었다. '西山美八'라는 네 글자만 눈에 선명히 들어왔다. 깨달음이 갑작스럽게 찾아왔다.

이 한자는 '미야'라고 읽는 것이구나.

"깜짝이야. 미안해요, 사람을 잘못 봤나 봐."

안노는 시아가 들고 있는 우편물을 흘끗 보고 "201호에 새로 이사 온?" 하고 물었다.

"전에 거기 살던 니시미야 씨와 꽤 친했거든요. 그런데 말도 없이 이사를 가버려서. 뒷모습이 비슷해서 혹시 우편물이라도 찾으러 왔나 했어요. 이 밤중에, 나도 참."

안노는 다시 한번 미안해요, 하고 먼저 현관으로 들어갔다. 시아는 집으로 돌아와서 도훈에게 103호실 사람과 만난 이야기를 전했다. 본 적 있는 사람인 듯 도훈이 알아, 알아, 하고 대답했다.

"갈색 파마머리에 키 좀 작은 아주머니 말이지? 자주 이 시간에 집에 돌아오는 것 같더라고. 직업이 뭐길래."

시아는 소파에 앉아 휴대폰을 들여다보고 있는 도훈을 바라보았다. 그러는 넌 맨날 몇 시에 들어오는데, 하고 생각했지만 입 밖으로는 내지 않았다.

'착신 중'이라는 메시지가 '연결 중'으로 바뀌고, 화면이 조카 얼굴로 가득 찼다. 시아는 행복 스위치가 눌린 것처럼 미소를 지었다.

"이모, 생일 축하합니다, 해야지" 하는 시영의 목소리가 옆에서 들렸다.

이제 한 살 반이 된 아기는 말하는 대신 입술을 오므려 촛불 끄는 흉내를 냈다.

—생일 잘 보냈어?

—그냥 평범하게.

—형부가 좀 안 챙겨?

—외출했어. 오다이바. 야경이 예쁘더라.

동호가 전화기를 한껏 얼굴에 갖다 대서 앞니 두 개만 화면에 들어왔다. "침!" 하며 시영이 전화기를 빼앗는 것 같았다. 이윽고 아기의 얼굴이 온전히 화면에 잡혔다. 시아는 조카 이마에 하얗게 부푼 습윤밴드가 붙어 있는 것을 보고 표정이 굳어졌다.

—동호야, 이마 왜 그래? 꿍했어?

─요즘 걷는다고 난리도 아니야. 머리가 무거우니까 맨날 이마만…….

시아는 조카의 옹알이를 받아주며 시영의 날 선 목소리를 들었다. 유모차 탈 때가 나왔어. 요즘은 이 난다고 밤에도 두 세 번씩 일어나고, 그러면서 낮잠은 또 되게 안 잔다? 온종일 까까만 찾고. 까까! 그 말에 동호가 벌떡 일어났다. 시영도 핸 드폰을 잠시 바닥에 내려놓았다. "잠깐만." 천장만 비치는 화 면 너머에서 "기다리세요. 기다리세요!" 하고 외치는 시영의 목소리, 작고 동그란 과자가 플라스틱 그릇에 쏟아지는 소리 가 들려왔다.

시아는 아무도 없는 화면을 바라보며 말했다.

─이 집, 정말 무슨 사연이 있는지도 몰라.

전 주인이 니시야마 미야라는 여성이었다는 것, 지금도 그 앞으로 대량의 판촉물이 오고 있다는 것을 이야기하며 시아 는 자신의 목소리에 흥분이 섞여 있는 것을 느꼈다.

"쇼핑 중독이었나, 이사 가면서 주소도 안 바꿨나 봐" 하 고 멀리서 시영이 대꾸했다.

─아닌 게 아니라, 어제 형부랑 외출하고 돌아오는 길에 아랫집 사람을 만났거든. 그 사람 말로는 이사도 소리 소문없 이 가버렸대. 그 사람은 안노라는 쉰 살쯤 된 아주머니인데 날 미야라고 불렀어. 뒤에서 잘못 보고. 반가워서 놀란 목소리

가 아니라, 기겁하는 목소리 있잖아. 꼭 있으면 안 되는 사람을 본 것처럼.

화면이 흔들리며 시영의 얼굴이 나타났다. 동생의 얼굴을 오랜만에 보는 것 같았다. 화상 통화할 때는 늘 동호만 보여주니까 일본 오고 처음인지도 몰랐다.

혈색 없는 얼굴과 꺼진 눈가, 이마와 입가에 난 붉은 여드름을 보자 반가운 마음보다 불안함이 먼저 찾아왔다. "요새 잠 못 자는구나?" 하고 묻자 시영은 새삼스럽다는 듯 어깨를 으쓱했다.

―그 미야라는 여자는 그래서 뭐야? 빚 때문에 자살이라도 한 거야? 그 집에서?

―설마.

대답과 달리 시아의 머릿속에는 천장에 목을 맨 긴 머리 여자의 환상이 떠올랐다. 시영이 언니, 하고 불렀다.

―내가 말한 약은 알아봤어?

―약?

―언니 일본에 가기 전에 말한 거 있잖아. 엄마 갱년기 영양제.

시아는 기억을 뒤졌다. "그래, 그거. 이름이 뭐랬지?"

―나도 다시 찾아봐야 하는데. 구하기 힘든 건 아니랬거든. 시간 날 때 언니가 검색 좀 해봐.

시아는 갑자기 마음이 무거워졌다. 동호를 불러서 인사하고 그만 전화를 끊을까. 아이는 무얼 주고 온 건지 불길할 정도로 조용했다. 시영은 화면을 뚫어지게 바라보고 있었다.

—언니, 요즘 뭐 해?

—쉬지. 쉬러 왔잖아. 집안일도 하고.

—둘이 사는데 집안일이 왜 그렇게 많아? 쉬는 것도 쉬는 것 나름이잖아. 어디 구경을 다니거나, 취미 활동을 한다거나. 이왕 일본까지 갔는데 사람들 만나고 다녀야 회화도 늘지. 아기가 있는 것도 아니고, 자기 몸 하나 건사하면서 외국에 있는 게 얼마나 행운이야. 왜 맨날 집에만 있는지 모르겠네.

시아는 대꾸할 말을 찾지 못한 채 화면만 바라보았다. 입가의 여드름. 노랗게 고름이 찬 게 건드리기만 해도 터질 것 같았다. 요즘 카메라는 왜 저런 것까지 비춰주는 걸까. 보고 있으니 화농이 옮겨온 것처럼 가려워져서 자기도 모르게 턱을 긁었다. 정말 뭐가 났던 모양인지 날카로운 통증이 퍼졌다.

—난 언니가 더 잘 지낼 줄 알았어.

무언가가 떨어지는 소리가 나고 뒤이어 동호의 짜증 섞인 울음이 들려왔다. 시영은 "왜 그러니, 왜!" 하고 소리치며 자리에서 일어났다.

—하여튼 엄마 약 좀 알아봐. 알았지?

그 목소리도 거의 고함처럼 느껴졌다.

노다 후유미의 편지가 도착한 것은 그날 저녁이었다. 하얀 규격봉투 사이에서 정사각형 민트색 봉투를 발견했을 때, 시아는 현기증과 비슷한 흥분을 느꼈다. 그 자리에서 뜯어보고 싶은 충동을 억누르고 집까지 천천히 걸어 올라와, 식탁 앞에 앉아 사무용 커터로 신중히 입구를 열었다. 내용물은 엽서 한 장이 전부였다. 흩날리는 벚꽃 무늬가 겉봉투와 전혀 어울리지 않았다. 충동적으로 편지를 쓰고 서랍에 들어 있던 봉투를 그대로 사용한 건지도 몰랐다.

하이츠 선플라워 201호실 앞으로 온 이상 자신에게도 볼 권리가 있었다. 시아는 엽서를 몇 번이고 반복해서 읽었다. 니시야마 미야, 노다 후유미. 두 사람은 친구였을까?

겨울 만남을 마지막으로 노다는 니시야마의 소식을 듣지 못했다. 작년 12월부터 올 2월 사이. 그때 한 말다툼이 원인이 되어 니시야마는 노다의 연락을 피하게 되었다. 노다는 그런 니시야마의 안부를 걱정하고 있었다. 자기 의지로 연락을 하지 않는 게 아니라, 연락을 할 수 없는 상황에 빠진 게 아닌가 하고.

그날 오후, 시아는 부탁받은 약을 사기 위해 역 앞까지 나갔다. 점원에게 물어보고 좋은 걸 고르려고 했는데, 결국 검색하면서 봤던 상품을 다 사고 말았다. 약을 바구니 안에 쓸어 담으며 시아는 자신이 동생에게 화가 난 건지도 모르겠다고 생각했다.

갱년기 약을 몇 통씩 사가는 삼십 대 여자가 이상해 보이진 않을까. 점원은 왜 그런 약을 사는지, 누가 먹을 건지 묻는 대신 포인트 카드가 있느냐고 물었다.

"네?"

"포인트 카드가 있으면 백 엔당 1점씩 포인트가……."

"아, 언니가 가입했을지도 모르는데."

시아는 니시야마 미야라는 이름과 전화번호 뒷자리를 댔다. 미야는 여기 회원이었다.

"본인이 아니면 포인트를 쓰는 건 좀……"이라고 점원이 주저해서 시아는 손사래를 쳤다. "그냥 적립만."

시아는 호르몬제로 가득 찬 비닐봉지를 흔들며 걸었다. 타인의 개인정보를 멋대로 사용했다. 필요 이상으로 물건을 사들였다. 양심의 가책 이상으로 상쾌함과 해방감이 느껴졌다. 이상하게 보일까 봐 표정을 다잡아도 자꾸 웃음이 새어나왔다.

5.

노다 후유미는 더 이상 편지를 보내지 않았다. 그 사람은 다시 편지를 보내지 않을 것이다. 시아는 확신에 가깝게 느끼면서도 오토바이가 지나가는 소리가 들리면 우편함을 보러 뛰어 내려갔다.

노다 후유미가 보낸 편지는 시아 혼자 읽고 간직했다. 도훈에게도 시영에게도 말하지 않았다. 두 사람은 이 일에 관심이 없었다. 기껏 알려줘 봤자 어지간히 한가한 모양이라는 비아냥만 돌아올 것이 뻔했다. 남편에게 말할 수 없는 것은 동생에게, 동생에게 털어놓을 수 없는 비밀은 남편에게 얘기해왔던 시아는 마음속에 이전에 없던 골이 생긴 것을 느꼈다.

노다 후유미의 편지를 받은 후로 기업에서 보내는 판촉물은 읽지 않게 되었다. 뜯어 놓고 읽지 않았다가 나중에는 뜯지도 않았고, 결국 그대로 쓰레기통에 넣어버렸다. 카탈로그를 탐독하는 대신 시아가 열중한 것은 쇼핑몰 탐색이었다. 처음에는 니시야마 미야가 갔을 법한 가게에 들어가서 물건을 몇 개 구입하며 회원 조회를 부탁했다. 처음처럼 간단히 알아봐 주는 경우도 있었고, 거절당할 때도 있었다. 가입이 되어 있지 않을 때도 있었다. 조회를 문의하고 결과가 나오는 몇 초 동안 시아는 숨을 죽이고 점원의 손끝을 바라보았다. 심장이 목 밑에서 펄떡펄떡 뛰면, 머릿속에 껴 있던 안개가 걷히면서 둔해진 감각이 생생하게 살아나는 게 느껴졌다.

사려고 마음먹으면 살 것은 얼마든지 있었다. 조카에게 줄 간식거리도 필요했고, 말은 밉게 했지만 어쨌든 소중한 동생을 위로해줄 화장품과 작은 장신구는 아무리 사도 부족했다. 집에 둘 작은 인테리어 소품. 읽으면 도움이 될 것 같은 잡지. 가끔 신으면 기분전환이 될 레이스 달린 양말. 혼자 간단히 먹기 좋은 레토르트 식품들. 값싼 물건 한두 개 사면서 회원 조회를 부탁하기는 민망해서 한번 들어가면 몇천 엔씩 물건을 구매했다. 그렇게 산 물건이 가게를 떠나 집안에 들어오면 급격히 퇴색해 보였다. 당장 쓸 곳이 없는 물건은 포장을 벗겨내 작게 만든 후, 주방 찬장이나 싱크대 밑 수납공간에 숨겼다. 한국에 보낼 물건은 상자에 넣어 옷장 속으로 치웠다. 사 온 물건을 '처리'하는 시간에는 죄책감이 다른 모든 감정을 눌렀다. 이제 아무것도 안 살 거야. 지갑에서 카드를 다 빼버릴 거야. 며칠 금욕의 시간을 갖고, 도훈이 늦게 돌아오는 날이 이어지면 시아는 빼놓은 카드만 들고 쇼핑몰로 나갔다. 쇼핑한 날은 적어도 남편에게 화나지 않았다.

그날은 도훈이 늦게 돌아오는 수요일이었다. 스터디 후 팀원들과 한잔하면 빨라도 열 시 귀가였다. 시아는 아침부터 오후에 구경 갈 가게를 떠올리며 집안을 치웠다.

일찌감치 집에서 나와 역까지 걸었다. 동네를 걷고 있으면 자연스럽게 니시야마 미야가 떠올랐다. 니시야마도 이렇게 역으로 갔겠지. 일부러 돌아서 강이 내려다보이는 길을 골라 가기도 했겠지. 노다 후유미는 편지를 보내고 나서도 계속 연락을 시도했을까. 아니면, 답이 오기만을 가만히 기다리고 있을까. 편지가 왔다는 걸 모르는 채 니시야마 미야가 자발적으로 전화를 했을까? 애초에 니시야마 미야는 지금 어떤 상태인 걸까.

정말 그 집에서 죽은 건 아닐까.

그런 생각을 하며 시아는 밥을 먹고 쇼핑몰을 구경했다. 아무것도 안 사려고 했는데 결국 주방용품 가게에서 면기 세트를 집었다. 혹시나 하는 마음에 신용카드를 들고 온 게 문제였다. 면기 세트로 집에서 밥을 해 먹으면 외식하는 비용보다 적게 들 테니까 나을 수도 있다는 생각이 따라왔다. 이렇게 자책과 정당화를 번갈아 하는 동안 모처럼 느꼈던 상쾌함이 가시고 머릿속 안개가 짙어졌다.

도훈에게 온 문자를 확인한 것은 그때였다. 스터디가 취소되어 빨리 돌아가겠다는 내용이었다. 착신 시간은 이미 30분 전. 쇼핑몰을 돌아다니느라 알아채지 못한 모양이었다. 시아는 초조해졌다. 도훈보다 먼저 집에 돌아가서 저녁을 준비해야 했다. 저녁은 둘째치고 일단 집에 먼저 가 있어야 했다. 쇼핑했다는 사실을 남편에게 알리고 싶지 않았다.

큰길로 나왔을 때 전화가 울렸다. 이 나라에서 전화를 걸어올 사람은 한 명밖에 없었기 때문에 액정 화면을 확인하기도 전에 이미 발신자가 누구인지 알았다.

—어디야? 오늘 좀 일찍 끝나서 집에 왔는데.

—잠깐 역에.

—금방 들어올 거야?

—왜?

—그냥 오랜만에 같이 밥 먹으면서 얘기 좀 하게.

'얘기'라는 단어가 날카롭게 귓속으로 파고들었다. 시아
는 무슨 얘기냐고 묻지 않았다. 이미 밥을 먹었다는 말도 하
지 않고 "지금 갈게"라고만 대답한 후 전화를 끊었다. 버스에
서 내려 집으로 걸어가는 길이, 걸어서 역으로 향할 때보다
멀게 느껴졌다. 종이봉투 안에서 달그락거리는 플라스틱 면
기 세트마저 무거웠다. 그래, 면기 세트. 이걸 어디 숨겨야 할
텐데. 쇼핑 전리품의 존재는 자신의 처지를 불리하게 만들 것
이다. 우편함에는 들어가지 않았다. 시아는 집 앞을 서성였다.
다른 사람의 눈을 피해 물건을 둘 곳이 아무래도 보이지 않았
다. 집 주변을 빙빙 도는 동안 목덜미와 겨드랑이 밑에 땀이
뱄다. 결국 시아는 건물 뒤편에 있는 쓰레기 집하장에 쇼핑백
을 잠깐 두기로 했다. 쓰레기 수거 시간은 내일 아침이니까
별문제 없을 것이다. 그대로 쓰레기 수거차 안에 던져진다 해
도 상관없다는 기분도 들었다.

집하장에서 나와 2층으로 올라가려는데 현관문 열리는 소
리가 들렸다. 안에서 나온 것은 쓰레기봉투를 든 안노였다. 시

아는 자기도 모르게 앗, 하고 작게 소리를 냈고 상대도 시아를 알아보고 인사를 건넸다.

"전에 내가 이름을 잘못 불렀던 201호 사람, 맞죠?"

"네, 안녕하세요."

"한국 사람이라면서? 전혀 몰랐어. 일본말 잘하네요. 여기 와서 배운 거예요?"

시아는 일본에 오기 전에 2년 정도 공부했다는 것과 어려운 말은 잘 모르고 대화가 길어지면 금방 한국 억양이 나온다는 것을 변명처럼 늘어놓았다. "아니, 대단해, 대단해" 하고 안노는 연신 감탄사를 내뱉었다. 안노는 시아가 왜 일본에 왔는지, 남편도 한국 사람인지를 물었다. 서슴없이 사생활을 물어보는 안노의 태도가 일본인답지 않다고 생각하면서도 시아는 물어오면 곧바로 대답했다. 적당히 둘러대는 것은 회화에서도 고급 레벨에 속했다.

"니시야마 미야란 사람이 저하고 닮았어요? 그때 잘못 보셨잖아요."

"응? 글쎄. 머리 묶으면 여자들 뒷모습이 다 비슷하잖아요. 가만 보자, 분위기가 좀 닮았나?"

그런데 왜 그렇게 놀라셨어요? 있으면 안 되는 사람이 돌아와서 그런 게 아니에요? 한국어로 떠오른 이 말은 일본어로 바뀌지 못한 채 시아의 머릿속을 맴돌았다.

대화가 끊기고 두 사람이 슬슬 자리를 뜨려고 할 때 그리 멀지 않은 곳에서 여자의 고함이 들렸다. 명백한 호통. 비명이 아니었다. 뒤이어 변명하는 남자의 목소리가 따라왔다. 안노가 인상을 썼다.

"요즘 젊은 부부 보면 여자들이 더 무서워요. 그게 좋은 건지 어쩐지 모르겠지만, 누가 소란을 피우든 이웃에 민폐라는 건 알아줬으면 좋겠네."

안노는 갑자기 기분이 상한 듯 쓰레기봉투를 앞세워 시아를 비켜 나갔다. 적당한 인사를 건네고 싶었지만 머릿속에 가득한 한국말이 도무지 일본어로 바뀌지 않았다. 시아는 안노의 뒷모습을 바라보다가 계단을 올랐다. 남편이 집에 도착한 지 거의 한 시간이 지나고 있었다.

도훈은 소파가 아니라 식탁 앞에 앉아 있었다. 시아는 맞은편 의자를 끌어냈다. 집은 외출하기 전과 달라진 곳이 없었다. 물컵 하나 나와 있지 않았다. 집안에 손 하나 대지 않고 한 시간씩 이렇게 가만히 앉아서 자기에게 할 '얘기'를 짜고 있던 남편을 상상하자 가슴 밑바닥이 차갑게 식었다.

도훈은 만지작거리던 핸드폰을 내려놓았다.

"요즘 새로 시작한 거 있어?"

오랜만에 한국 통장을 확인했더니 해외 결제가 많았다는

것, 모두 소액이지만 합치니까 최근 한 달간 삼백만 원 가까이에 달한다는 것, 그러니까 혹시 새로운 일이라도 시작한 게 아닐까, 하고 생각했다며 도훈은 평소와 다름없는 말투로 말했다. 거짓말. 화끈거리는 뺨에 손등을 올려놓으며 시아는 생각했다. 집에만 있으면서 무슨 돈을 이렇게 많이 쓰고 다녔냐고 따지고 싶으면서.

"궁금한 게 있으면 통장 확인하기 전에 나한테 직접 물어보면 되잖아. 삼백만 원쯤 써야 너랑 얼굴 보고 얘기할 수 있는 거야?"

"그런 식으로 말하지 마. 우리 둘이 같이 벌 때 생활비보다 더 많이 쓴 거야."

"그게 뭐."

"그게 뭐?"

"내가 그렇게 돈을 쓰고 다니는 동안 넌 뭐했어? 내가 이러는 걸 왜 몰랐어?"

도훈의 표정이 굳었다. 결국 그 얘기인가, 하는 것이 빤히 보였다.

"왜 이해를 못 하니. 다 생각하고 온 거잖아. 동기들 따라잡으려면 배로 해야지. 우리 제미[2]에서 내가 제일 나이가 많

---

2 '세미나(seminar)'의 줄임말. 대학 등 고등교육 과정에서 실시하는 수업과목. 담당 교수의 이름을 따서 '○○제미'라고 부르기도 하며, 한 교수 밑에서 졸업논

최저가 매물에 주의하세요

은데 스펙은 딸리고. 내가 빨리 안정이 돼야 너도 다시 일을 시작하는데…….”

“날 위해서 그러는 거라고?”

“유학 오려고 잘 다니던 회사도 그만뒀잖아. 아기 갖는 것도 미뤘어. 내가 너한테 안 미안하겠어?”

“미안하면 잘해야지.”

고함이 될 뻔한 소리를 가까스로 낮춘 것은 집에 올라오기 전 안노와 나눴던 대화가 뇌리를 스쳤기 때문이었다. 도훈은 잠에서 깨어나고 싶은 사람처럼 두 손으로 거칠게 얼굴을 쓸어내렸다. 가시 돋친 말이 오갔다. 결국 도훈이 현관 앞에 내려놓았던 가방을 들고 밖으로 나갔다. 시아는 합판 식탁의 가짜 나무 무늬를 뚫어지게 바라보았다. 남편에게는 이 집 말고도 갈 곳이 있다는 사실이 분했다.

남편이 사라진 집을 시아는 다시 쓸고 닦았다. 매일 청소하는 데다 어지르는 사람도 없어서 이미 모델하우스처럼 깨끗했지만, 굳이 가구를 닦고 청소기를 돌렸다. 무릎 꿇고 물걸레로 바닥을 문질렀다. 움직이지 않으면 몸 안에 고여 있는 무언가가 울컥 터져 나올 것 같았다.

문 지도를 받는 학생들을 ‘같은 제미에 소속되어 있다’고도 한다.

창틀까지 닦은 후에는 다시 식탁 앞에 앉아서 전화기를 바라보았다. 아직 열한 시였다. 도훈은 마지막 전철을 타고 돌아올 수도 있었다. 오늘 밤에는 돌아오지 않을지도 몰랐다.

청소했을 때 켜놓은 그대로 하얀 형광등이 온 집안을 비추고 있었다. 귀로는 소리 하나 들려오지 않는데 소란스러운 기분이 들었다. 저걸 바꿔야겠어. 이왕이면 LED로. 아예 색을 바꿀 수 있는 게 좋겠어. 그런 걸 어디서 본 것 같았다. 어떤 카탈로그에서. 침실을 먼저 바꾸자. 리모컨이 있으면 불 끄기를 서로 미루느라 투덕거릴 일도 없겠지. 그다음에 거실을 바꿔야겠다. 예약 기능이 있는 걸 사서 아침에 방에서 나오기 전에 불이 켜지게 하자. 그럼 괜히 벌벌 떨며 현관까지 뛰어가 불을 켜지 않아도 될 거야.

시아는 어느샌가 웃고 있었다.

입가에 미소가 떠 있는 걸 깨닫자 체온이 슥 떨어졌다.

정말 나는 머리가 이상해진 건가?

고양이가 더없이 갓난애처럼 울었다. 혼자 있는 것이 갑자기 무서워졌다. 머릿속에 전화번호를 외우고 있는 몇몇 사람의 얼굴이 스쳐 지나갔다. 남편, 엄마, 동생. 다시 남편. 엄마. 동생. 그러다가 얼굴 없는 전화번호.

열한 자리 숫자는 누르고 눌러도 공기 든 비닐봉지처럼 자꾸 의식 위로 떠올랐다. 시아는 전화기 화면을 밑으로 뒤집었다가 다시 돌려놓았다. 화면을 켜고 머릿속에 떠오른 숫자를 차례대로 누른 후 통화버튼을 눌렀다. 통화 연결음. 전화번호는 아직 살아 있는 것이다. 열을 센 후 끊자고 생각했다.

하나. 둘. 셋. 넷. 다섯. 여섯. 일곱.

여덟.

통화 연결음이 끊겼다.

"…… 니시야마 미야 씨?"

6.

시아는 자신을 하이츠 선플라워 201호실에 새로 이사 온 사람이라고 소개했다. '니시야마 미야'라는 사람 앞으로 끊임없이 우편물이 오니까, 궁금해서요. 궁금하다고 하니 이상하지만 신경 쓰여서. 늦은 밤에 미안해요. 시아가 변명과 사과를 반복하는 동안 니시야마는 수화기 너머에서 숨을 죽이고 있었다. 전화기가 닿은 볼이 뜨거워져 시아는 손을 바꿔 들었다.

줄곧 입을 다물고 있던 니시야마가 전화번호, 하고 말했다.

"네?"

"이 전화번호. 그것도 가게에서 온 카탈로그에 쓰여 있었어요?"

"아, 아니요."

시아는 노다 후유미에게서 온 편지를 뜯어보았음을 고백

했다. 다시 열어볼 필요 없이 내용은 거의 암기하고 있었다. 길지 않은 문장이었지만, 남의 편지를 외고 있는 자신이 어쩐지 기분 나쁘게 느껴졌다.

편지 내용을 듣고도 니시야마는 한동안 말이 없었다. 하이츠 선플라워 201호실도 조용하지만, 니시야마가 있는 곳에서도 소리 하나 전해져오지 않았다. 시아와 마찬가지로 니시야마 역시 혼자인지도 몰랐다.

후유미와 마지막으로 만난 건 작년 말이었어요, 하고 입을 연 니시야마의 목소리는 처음보다 누그러져 있었다.

"그때 임신 7개월이었고, 지금 생각해보면 임신 우울증 같은 게 아니었을까, 거의 집에만 있었어요. 초기에 출혈이 있어서 돌아다니는 게 무섭기도 했고, 호르몬 탓이었는지 여드름이 온 얼굴을 덮어서 거울 보는 것도 싫었거든요."

니시야마는 자기 자신에게 말을 거는 것처럼 나지막하게 이야기했다. 전파를 타고 들려오는 일본어는 알아듣기 힘들었다. 시아는 어렵게 주워 담은 단어를 머릿속에서 열심히 끼워 맞췄다. 그게 무슨 뜻이냐고 되묻는 순간 니시야마의 입은 닫힐 것 같았다.

"후유미랑은 어릴 때부터 친구였어요. 워낙 남 챙겨주길 좋아하는 성격이라 도움을 많이 받았죠. 듣기 싫은 소리도 걱정해서 하는 말이라는 걸 아는데, 그날은……."

작년 12월, 노다 후유미는 하이츠 선플라워까지 찾아왔다. 니시야마가 절대 밖에서는 만나지 않겠다고 고집을 부렸기 때문이었다. 친구의 남편이 없는 시간에 가려니 월차까지 써야 했다. 이렇게까지 할 필요가 있을까 싶었지만, 자기 성격이 그런 걸 어쩔 수 없었다. 검진일 말고는 집 밖으로 나가지 않는다는 친구의 말을 흘려들을 수 없었던 것이다.

201호실에 들어온 노다는 깨끗한 실내를 보고 일단 안도의 한숨을 쉬었다. 폐인처럼 지내는 건 아니구나. 형광등 아래 드러난 친구의 모습에는 자기도 모르게 미간이 찌푸려졌다.

여드름이 많이 났다는 건 진짜였다. 살은 더 심각했다. 임신 7개월이면 저만큼 살이 찌나? 요즘은 산부인과에서 체중 제한을 철저하게 한다던데. 윤곽이 사라진 니시야마의 얼굴과 부풀어 오른 배로 자꾸 시선이 갔다. 저 배에서 태아의 지분은 얼마나 될까.

케이크는 안 사 오는 게 좋을 뻔했다고 노다는 생각했다.

"커피라도 마실래? 디카페인이지만."

몸도 무거울 테니 괜찮다고 해도 한사코 듣지 않았다. 살짝 밀면 쓰러질 것 같은 니시야마가 뒤뚱뒤뚱 부엌으로 들어갔다. 니시야마가 차린 식탁은 호텔 애프터눈 티를 방불케 했다. 이건 긴자에서 사 온 버터 쿠키, 이건 신주쿠 이세탄에서 파는 마카롱. 그래도 쇼핑은 종종 나가나 봐? 하고 묻는 노다를 보고 니시야마는 고개를 갸웃했다.

"요즘은 우편으로 다 주문할 수 있잖아."

노다는 한 시간에 걸쳐 하이츠 선플라워 201호실에 새로 들어온 물건과 앞으로 들일 물건에 관해 들었다. "아기는 건강하대? 남편은 요즘도 야근이 잦아?" 하고 물어도 "그 사람은 아빠가 된다는 자각이 없어"라는 대답이 돌아올 뿐 눈은 여전히 아기 용품 카탈로그에 머물러 있었다.

노다는 거의 입에 대지 않은 커피를 내려놓고 집을 둘러보았다. 작은 집이었지만 깔끔하게 정리되어 있었다. 어디를 어떻게 찍어도 인테리어 잡지에 그대로 쓸 수 있을 것 같았다. 이렇게 완벽한 집인데, 왜일까. 그 안에 속해 있는 것이 숨 막히게 느껴졌다. 노다는 소꿉친구에게 시선을 돌렸다. 니시야마는 노다의 손끝을 바라보고 있었다. 어떤 과자를 집을 건지 확인하려는 것처럼. 노다는 소리를 지르고 싶은 충동을 누르며 두 손으로 커피잔을 움켜쥐었다.

"요즘 집에서 뭐 해?"

시아는 짧게 숨을 들이마셨다.

그날, 노다는 결국 쫓겨나다시피 201호를 떠났다. 나한테 뭐라고 하는 건 참을 수 있지만 태아한테도 안 좋을 거라는 말은 가만히 듣고 있을 수 없었다고 니시야마는 말했다.

최저가 매물에 주의하세요

"당신은 몇 살이에요? 결혼은 했어요? 아이는? 혹시 중국 사람? 아니면 한국?"

시아는 물어오는 대로 대답했다.

"그 집은 살기 어때요?"

"좋은 집인데 주변 시세보다 집세가 싸더라고요."

니시야마는 잠시 생각에 잠긴 기색이었다. 거기가 얼마였지. 지금은 얼마예요? 우리 때랑 비슷한 것 같은데. 난 그냥 운이 좋다고 생각했는데.

"아무래도 그런 것 같죠? 그런데 저는 자꾸 이상한 생각이 들더라고요. 게다가 잘못된 우편물도 계속 오니까."

"아, 우편물이요. 되도록 빨리 이쪽으로 돌릴게요. 아기가 있으면 그런 짬이 안 나요. 아직 잘 모르시겠지만. 그런데 집세 말이에요, 어쩌면 내 덕도 있을지 몰라요" 하고 니시야마는 후후후 웃었다.

"제가 남편을 찔렀거든요."

"네?"

"포크로요."

니시야마 미야는 식사 중 남편을 포크로 찔렀다. 출산예정일을 한 달 앞둔 결혼기념일, 내려다보면 이제 발끝보다 훨씬 튀어나온 배를 안고 장을 봤다. 메뉴는 스테이크. 와인과 자신을 위한 고급 포도 주스도 담았다. 남편이 잘 닦인 나이프를 찔러 넣자 미디움 웰던으로 익힌 고기에서 빨간 육즙이 배어 나왔다. 같이 밥 먹는 거 오랜만이네. 아내의 말에 남편은 쓴 것을 씹은 듯 미간을 찌푸렸다. 이 집에 있는 게 답답해. 아기 태어나면 큰 집으로 옮겨야지. 자기도 놀지만 말고 직장 복귀할 준비 좀 해. 집에서 돈 쓸 궁리만.

니시야마는 웃었다. 다 웃은 후에 마주 앉은 남편의 손을 포크로 찔렀다. 나이프보다 포크가 더 아플 것 같다는 생각이 들었기 때문이었다. 처음 찔렀을 때 남편은 소리를 지르지 않았다. 부릅뜬 눈으로 아내를 노려보곤 피가 맺힌 손등을 문지르며 자리에서 일어났을 뿐이었다. 니시야마는 현관으로 향하는 남편 뒤를 쫓으며 목덜미와 어깨를 각각 한 번씩 더 찔렀다. 자기 발에 걸려 넘어진 남편 등에 올라타 아직 안 찌른 어깨에 포크를 쑤셔 넣었다. 이때는 남편도 소리를 질렀다. 한 번 터진 비명이 길고 절절히 이어졌다.

이웃에 민폐.

"103호 아줌마가 올라와서 수선을 피우는 바람에 구급차까지 오고. 부부간의 일이라고 경찰서에는 안 갔지만, 동네에다 소문이 나니까 그렇더라고요, 지내기가. 어차피 아기 낳으러 친정에 가야 했으니까 그런 김에 정리하고 나와버렸어요."

니시야마 미야는 길게 한숨을 쉬었다.

"그 집, 좋았는데. 이상하게 들릴지 모르지만, 그 집에서 지내는 건 좋았어요. 아시죠? 거기 살 때는 사람 하나 안 만나고, 집하고만 얘기하며 살았던 것 같아요."

아, 그렇죠, 하고 시아는 대답했다. 거실 시계가 마침 열두 시에 도달했다. 스위스에서 제작된 금속제 시계, 정가 삼만 오천 엔. 니시야마 미야도 저 시계를 거실에 걸지 않았을까. 이 집에 딱 어울리니까. 남편에게는 오천 엔짜리라고 속이고서.

"집, 소중히 쓰셨더라고요."

"그 집터가 그런 것 같아요. 제가 이사 오기 전에 살던 사람도 주말부부라 남편은 오사카에, 아주머니만 도쿄에 있었는데 아이 둘 키우면서도 집이 그렇게 깔끔했어요. 집 보러 가서 '여기 진짜 사람 살아요?' 하고 몇 번이나 물어봤어요. 이사 오고 나서도 그 생각나서 어지를 수가 없더라고요."

그런 집에서 싸게 사는 건 운이 좋은 거죠, 하고 니시야마가 덧붙였다.

통화는 갑자기 끝났다. 전화가 끊기기 직전에 아기 울음소리를 들은 것 같기도 했다. 시아도 줄곧 들고 있던 전화기를 식탁 위에 내려놓았다. 과열된 전화기가 닿았던 뺨이 둔하게 느껴졌다. 세수를 하며 세면대 거울에 비친 얼굴을 바라보았다. 부어 보였다. 정신적인 해이함이 체중 증가로 드러나는 것 같아 찬물을 몇 번이고 얼굴에 뿌렸다.

샤워할 마음은 생기지 않아서 그냥 방으로 돌아왔다. 깨끗하게 정리된 세미 더블 침대가 눈에 들어왔다. 남편과 함께 그 안으로 들어간 적은 손에 꼽을 정도였다. 시아가 먼저 잠들면 도훈이 나중에 들어왔고, 잠든 도훈을 두고 시아가 먼저 깼다. 외국에 나오면 외로운 마음이 들 거라는 각오는 진작에 했다. 지금은 외로움이 물리적인 문제라는 생각이 들었다. 외로움은 침대의 빈자리. 외로움은 이 집에서 나를 빼고 남은 공간.

희끄무레한 머릿속에서 자신과 뒷모습이 닮은 여자가 포크를 들고 남편을 찔렀다. 매일 베이킹 소다를 풀어 닦은 포크가 LED 전등 아래서 반짝반짝 빛났다. 문밖에서 들리는 안노의 고함. 누가 소란을 피우든 이웃에 민폐인 거 몰라? 요즘 젊은 부부 보면 여자들이 더 무섭다니까!

여자들?

어떤 여자한테 하는 말이지?

시아는 몸을 일으켜 베개에 기댔다. 나는…… 나는 안 그래. 나는 적응 기간을 겪고 있는 것뿐이야. 시아는 소리 내어 말했다.

"우리는 아니야."

시아는 울리지 않는 핸드폰을 껐다 켜길 반복하다가, 통화 아이콘을 누르고 이름 없는 발신 목록을 지웠다.

◇

도훈은 다음 날 저녁에 돌아왔다. 와인과 삼겹살을 양손에 들고. 집은 어제와 다르지 않았다. 시아가 오랫동안 닫아두었던 노트북을 만지고 있다는 점을 빼면. 뭐 하니, 하고 묻자 전시회 검색 중이라는 대답이 퉁명스럽게 돌아왔다.

"미안. 학교 근처에 있었어. 어차피 수업이 있어서 아예 들고 왔어."

"아무리 기분이 상했어도 외박은 아니지. 안 그래?"

시아는 도훈의 손에서 비닐봉지를 받아 부엌으로 갔다. 돈도 없는데 이게 다 뭐야, 하고 타박하는 목소리에 희색이 섞여 있어서 도훈은 안심하고 소파에 앉았다.

"바로 밥 먹을 거야? 내가 할까?" 하고 묻자 "됐네요" 하는 대답이 돌아왔다.

냉장고 문을 여닫는 소리, 수돗물 흐르는 소리, 가스레인지에 불 들어오는 소리가 주방에서 쉴 새 없이 쏟아져 나왔다.

"고기만 간단히 구워 먹지, 뭘 그렇게 해?"

"한국식으로 제대로 해 먹어보게."

도훈은 핸드폰을 켜고 습관처럼 한국 포털 사이트의 뉴스를 훑다가 곧 화면을 껐다.

"이번 주말에 놀러 갈까? 저쪽 강 너머에 있는 거, 수족관 이래."

"좋대?"

"입장료가 싸서."

부엌에서 아내가 웃는 소리가 들렸다. 코끝에 걸려 터지기도 전에 사라지는 웃음. 그 소리조차 오랜만에 듣는다는 생각이 들었다.

도훈은 아내의 이름을 불렀다. 대답 대신 칼이 도마에 부딪히는 소리가 규칙적으로 들려왔다. 뭘 만드는 걸까. 된장찌개? 도훈은 반달 모양으로 가지런히 썰리는 애호박을 상상했다.

"일본 와서 나도 모르게 스트레스가 쌓였던 것 같아. 학교에 있으면 괜찮은데 집에만 오면 답답하고, 뭐가 위에서 누르는 것처럼 어깨가 무겁고. 자꾸 물건이 늘어나는 것도 솔직히 좀 짜증나더라고."

왜 이런 말을 시작했나. 도훈은 초조함을 느끼면서도 입이 멋대로 움직이는 것을 막을 수 없었다.

"스터디 없는데 있다고 한 날도 있어."

시아야, 화났어? 도훈은 다시 아내의 이름을 불렀다.

여전히 대답은 없었다. 무엇을 썰고 있었는지 탁탁탁탁탁탁 도마를 때리던 칼질 소리도 멈추고, 집안이 순식간에 침묵에 잠겼다. 잠시 후, 실내화를 끌며 아내가 소파 쪽으로 다가오는 기척이 느껴졌다.

도훈은 자기도 모르게 자리에서 일어났다.

사주팔자

四柱八字

후카자와 우시오

후카자와 우시오深沢潮

1966년 도쿄에서 태어났다. 2012년 〈가나에 아줌마〉로 '여성에 의한 여성을 위한 R-18 문학상'에서 대상을 수상하며 등단했다. 〈가나에 아줌마〉와 그 주변인물을 엮는 단편연작집 《인연을 맺어주는 사람》을 비롯해, 현대 여성들의 가치관을 테마로 한 《반려의 편차치》《런치하러 갑시다》《애매한 생활》, 재일교포의 일생을 그린 《바다를 안고 별에 잠들다》 등을 썼다. 〈사주팔자〉는 한국에 처음 소개되는 단편이다. 《인연을 맺어주는 사람》《애매한 생활》은 곧 한국어판으로 나올 예정이다.

미숙이 발가락을 구두에 찔러 넣은 바로 그때, 인터폰이 네 번이나 분주하게 울렸다. 이어서 나야 나, 하는 나오코의 다급한 목소리가 현관문 저편에서 들려온다.

형님인 나오코다. 나오코의 집과 미숙의 집은 같은 부지 안에 있다. 현관문을 반쯤 열자 나오코가 그 틈새로 몸을 비집어 넣어 현관 안으로 들어왔다.

"출근 전이라 다행이야. 다른 게 아니라 미숙아, 점 좀 봐줄래? 여기, 신상명세서 복사한 거."

나오코는 미숙의 눈앞에 투명파일을 내밀었다.

자신의 아들, 즉 미숙의 시조카와 맞선 상대의 궁합을 봐달라는 것이었다. 미숙은 출근해서 보겠다고 말하며 파일을 받아 들고는 열어보지도 않은 채, 그 자리에서 가짜 루이뷔통 가방에 찔러 넣듯 대충 집어넣었다.

애써 구두를 신고 나서려는 시늉을 해보아도, 나오코는 좀처럼 현관에서 나갈 기미를 보이지 않는다. 조금 더 얘기가 하고 싶은 모양이다. 나오코는 남을 잘 챙기지만, 참견을 잘하는 사람들이 주로 풍기는 파란색 아우라를 발산하며 현관 앞에 서 있다.

"가나에 아줌마가 자잘한 일은 신경 쓰지 말고 자꾸 한번 만나 보래. 서로의 느낌이 중요하다고. 자꾸 한번 선을 보라고 하네. 근데……."

"알았어요. 궁합 한번 봐볼게요. 나중에 연락할게요."

미숙은 힐끔 손목시계를 쳐다보았다. 그래도 나오코는 현관에서 나갈 기색조차 없이 그래서 말인데, 하며 말을 이어간다.

"저번에 있잖아, 히로미한테 혼담이 들어왔을 때, 점쟁이가 궁합이 안 좋다고 해서 거절당한 적이 있었잖아. 그 생각이 나더라고. 그래서 우리도 한번 봐보려고. 네가 그쪽으로 유명하잖아. 알지? 다카히로貴弘는 지금까지 신상명세서와 사진 때문에 계속 퇴짜만 맞았다고. 이런 선 자리는 처음이잖아. 그래서 내가 더 신경이 쓰여. 신중하게 생각해보려고."

"네, 알겠어요."

대답하며 이번에는 신발장 위에 있는 열쇠를 손에 쥐었지만 나오코는 그래도 꿈쩍 않고 그래서 말인데, 하고 계속 떠들어댄다.

"상대 아가씨 사진을 봤는데 꽤 예쁜 거 있지. 근데 미인이란 게 또 좀 어딘가 수상쩍긴 해."

"미인이면 뭐가 안 되나요?"

출근 시간이 임박해 서두르고 있던 탓에 얼른 이야기를 끝내고 나가고 싶었지만, 일단 묻기는 했다. 이러다간 한복으로 갈아입을 시간이 없을지도 모른다. 서두르고픈 마음에 말이 조금 퉁명스럽게 튀어나왔다.

"미숙아, '뭐가 안 되나요'가 아니라, '미인이면 왜 안 되나요'가 자연스러운 일본어지."

나오코가 눈썹을 찌푸린다.

"아, 예, 죄송해요."

이렇게 나오코는 자주 미숙의 일본어를 정정해준다. 절대로 모른 척 넘어가 주는 법이 없다.

"죄송해할 필요 없으니까 앞으로는 신경 좀 써. 이제 일본 생활이 더 오래됐잖아."

"네, 알겠어요."

혼담 이야기가 도중에 끊겼으니, 슬슬 해방시켜주겠지?

"그건, 그런데, 맞선 상대 말인데, 물론 다카히로도 사진을 보고는 젊고 엄청난 미인이라 마음에 들었대. 그런데 좀 이상하지 않아? 여기저기서 혼담이 들어올 텐데, 왜 하필이면 우리 다카히로랑 선을 보겠다는 거지? 가나에 아줌마가 그러는데 이 아가씨가 누군가를 만나겠다고 한 게 우리 다카히로가 처음이래. 아무리 생각해봐도 이상해. 우리집은 월급쟁이 집안에 재산도 없는데 말야. 역시 도쿄대학 출신이라 혹한 걸까? 아니면 안정된 직업이라? 어쩌면 다카히로가 너무 순진해서, 그 아가씨한테 너무 휘둘리는 건 아닌지 몰라. 그래서 말인데⋯⋯."

곧 이야기가 끝날 거라는 기대감은 말끔히 무너져 내리고, 나오코의 수다는 계속된다. 나오코는 역시 딸 셋을 시집보낸 경험이 있는 까닭에 혼담에 대해 여자 쪽 기분도, 또한 자신의 아들 처지에 대해서도 잘 알고 있는 듯하다.

다카히로는 세 딸을 얻은 끝에 간신히 생긴 아들로, 나오코가 응석받이로 키운 탓에 성격이 어둡고 든든하게 기댈만한 구석도 없다. 지금도 다카히로의 속옷부터 전부를 나오코가 사다 입힌다. 다카히로는 지금껏 한 번도 여자를 사귀어보지 못했다고 한다. 그의 눈매가 사납게 보이는 것은 시력이 나빠서이기도 하지만, 아마 남자로서 자신감이 부족한 데서 기인한 것이 분명하다고 생각한다. 그나마 장점을 꼽으라면 명문대 출신에 꽤 유명한 회사에 다니고 있다는 것이다.

사주팔자

하기사 혼담에서는 좋은 학벌과 사회에서 평판 좋은 회사에 다닌다는 점이 무척이나 중요한 요소일 것이다. 아니, 혼담에서만이 아니라 다카히로 같은 인간은 사회적으로도 성공한 사람이라고 할 수 있을 것이다.

친형제한테 지원을 받아 시작한 다방이 망한 후, 빚을 떠안은 채 50대 중반 나이에 겨우 택배 배달을 하고 있는 미숙의 남편 에이주※寿와는 하늘과 땅 차이다.

"그래서 그런데, 미숙이 네가 좀 자세하게 봐줬으면 좋겠어. 오늘 중으로 부탁할게. 오늘 밤까지 선을 볼지 말지 알려줘야 하거든."

나오코는 거기까지 말한 뒤, 그제야 현관을 나섰다.

역술가로서 5년 이상의 경력을 쌓으며 5천 명에 가까운 이들의 점을 봐주면서 장담할 수 있는 것 중 하나는, 점을 보려는 사람들은 대체로 근심이나 불만을 가지고 있다는 것이다. 현실에 대만족하고 살아가는 '해피'한 사람들에게 점은 그다지 필요하지 않다. 매우 드물게 순조로운 연애를 하면서 단순히 자신의 행복을 재확인하러 오는 이들도 더러 있지만, 대부분은 문제가 있어서 찾아온다.

나오코의 경우에도 맞선 상대인 아가씨가 어딘가 수상하다고 생각해서 미숙에게 점을 봐달라고 찾아온 것이다.

일본에 와서 지금까지 나오코에게는 신세를 많이 졌다. 나오코는 한국말도 약간 할 줄 알기에, 일본말이 서툰 미숙을 도와주었다.

돌아가신 시부모님이 하는 전라도 사투리가 섞인 한국말은 서울이 고향인 미숙에겐 좀 거칠게 느껴졌고 늘 혼나는 기분이 들게 했다. 재일교포 1세인 시부모님은 전통적 풍습과 예법을 지나치게 따지셨다.

그런 상황에서 재일교포 2세이자 장남의 아내인 나오코는 한 집에서 시부모님을 모시며 맏며느리로서의 책무를 훌륭하게 해냈다. 당시에는 시부모로부터 아들을 낳을 때까지 제대로 된 며느리 취급을 받지 못했다고 하는데, 나오코는 막내 다카히로가 태어날 때까지 아들 낳기를 포기하지 않았다고 한다. 이후 그녀는 네 자식 모두 명문대학에 합격시켰고 좋은 회사에 취직시켰다.

나오코는, 어머니를 일찍 여의고 한부모 가정에서 자라서인지 세상물정을 잘 모르고 주변머리가 부족한 미숙을 늘 감싸주었다. 미숙에게 아이가 들어서지 않아 시어머니에게 미움을 받았을 때도 상처받은 그녀를 옆에서 위로해준 것은, 일본어로조차도 자기 마음을 제대로 표현하지 못하는 남편 에이주가 아닌 나오코였다.

나오코는 억지로 밀어붙이는 성격인데다 강압적으로 말하는 경향이 없지 않지만 그럼에도 미숙은 늘 나오코가 고마

사주팔자

웠고, 그녀를 존경하고 있었다. 나오코의 도움이 있었기에 미숙은 한국에서 바다 건너 시집온 재일교포의 집에서 그럭저럭 견디며 살아올 수 있었던 것이다.

그러니 다카히로의 맞선 궁합을 보는 일쯤 흔쾌히 응할 생각이다. 돈이 되지 않아도 가장 먼저 해야 할 일이다.

미숙은 접이식 의자에 앉아 싸온 도시락을 후다닥 먹었다.

15년 전 서울에 갔을 때 아버지가 사준 가짜 루이뷔통 가방에 빈 도시락통을 넣는다. 이후 가방 안에서 투명파일을 꺼내고, 그 안에 든 카피 용지와 작은 메모지를 끄집어냈다. 그러고 나서 투명파일을 눈앞에 있는 테이블에 던지듯 놓았다.

투명파일은 테이블 위 텀블러 옆에 제대로 착지했다. 테이블은 간신히 사용할 수 있을 정도의 크기로, 혼자 도시락을 펼치고 텀블러를 놓으면 비좁게 느껴질 정도였다.

작은 테이블과 접이식 의자가 있고, 겹쳐진 두 개의 종이 상자가 놓여 있는 이곳은 휴게실로 쓰는 다타미 3장[1] 도 안 되는 공간이다. 같은 층 한 켠에 칸막이 구분만 해놓은 장소로, 좁은 데다가 컴컴하다. 펑퍼짐한 한복을 입고 있으면 더 비좁

---

1   한국에서는 '다다미'라고 부르지만 '다타미'가 일본어 표준어에 가까운 발음이다. 다타미는 각 지방에 따라 규격이 다르지만 보통은 한 장에 191cm×95.5cm 다. 다타미 석 장이면 혼자 간신히 쓸 수 있을 정도의 크기다.

게 느껴진다. 옷을 갈아입을 때도 무척 불편하다.

이곳은 층 전체에 창문이 없어서 어두운데, 지진재해[2] 후 '절전을 위해 조명을 절반만 켜야 한다'는 규칙이 생겼다. 그런데 어두침침한 공간이 오히려 그럴싸한 분위기를 자아냈다. 절전이 '역술관 사랑'에는 뜻밖의 행운으로 작용했다.

더욱이 세 명의 역술가가 불빛을 겸해 제각기 켜는 아로마 캔들이 부스 안을 더 신비롭게 보이게 했다. 분위기에는 미숙과 풍수역술가 지정이 한복을 입고 있는 것도 한몫했다. 한복은 지정이 준비한 것이다. 오늘 미숙이 입고 있는 것은 비교적 수수한 색으로 위아래 모두 옅은 하늘색이었다.

그러나 휴게실마저 어두컴컴해서 일하는 사람으로선 쉬는 시간 동안 기분 전환하기가 쉽지 않다. 게다가 여기는 항상 정리정돈이 잘되어 있고 벽에는 지정이 손으로 쓴 한글 경고문이 다닥다닥 붙어 있었다. '쓰레기는 꼭 가져갈 것.' 마치 지정에게 감시받는 느낌에 도저히 편하게 쉴 수가 없다.

게다가 재일교포 2세인 지정이 쓰는 한국어에는 늘 오자가 많아 볼 때마다 신경이 쓰였는데, 지적하는 사람이 아무도 없어서 미숙도 입을 꾹 다물고 있는 처지였다. 지정은 사장,

---

2 2011년 3월 11일에 일어난 동일본 대지진을 뜻한다. 동일본 대지진은 일본인들에게 물건을 소유하는 일보다 인간관계의 중요성을 살피게 했고, 삶에 대한 새로운 가치관을 가지게 했다. 미니멀리즘은 동일본 대지진 이후 일본 전국에서 큰 붐을 이루기도 했다.

사주팔자

즉 이 '역술관 사랑'의 경영자다.

미숙은 머리를 좌우로 흔들어 기분을 바꿔보고자 했다. 가로로 쓰인 메모를 눈에서 조금 떨어뜨리고, 주시한 채 집중해서 읽어 내려간다. 조명 때문만은 아니다. 조금 빠르지만 분명 노안이 시작된 것일 거다. 아버지에게도 일찍이 노안이 온 사실이 떠올랐다. 그러고 보니, 요즘은 화장품에 붙어 있는 설명서조차 읽기가 어렵다.

미숙은 메모를 다 읽은 후, 텀블러에 든 옥수수차를 한 모금 마신다. 옥수수차는 일이 끝나고 집에 가는 길에 한국 물건이 많은 한국 슈퍼마켓의 식재료 코너에서 산다. 이 주변에서는 한국 식재료를 간단하게 구할 수 있다. 역시 한국인에겐 보리차보다 옥수수차다.

올해로 마흔다섯 살이 된다. 이제 미숙도 나이를 먹었나 싶다. 어머니가 돌아가신 나이와 똑같은 나이가 아닌가. 생각해보면 일본에 온 지 벌써 20년이 넘었다. 갓 일본에 왔을 무렵에는, 이렇게 자신이 신오쿠보의 건물 2층에서 역술가로 일하리라곤 꿈에도 생각지 못했다.

사주팔자四柱八字란 이른바 '사주추명四柱推命'을 한국에서 부르는 단어다. 미숙의 아버지도 한국에서 사주팔자 역술가로 일했다. 그래서 어릴 때부터 아버지의 책들을 읽고 점에 대한 이야기를 들으며 자란 터라, 이에 대한 지식은 어느 정도 있었다. 그러나 직업으로 삼을 생각까지는 없었다.

눈앞 쪽에 가려움이 느껴져, 검지로 살짝 긁은 후에 엄지 손가락과 검지로 미간을 지그시 누른다. 오전 내내 컴퓨터 화면을 보고 있어서 생긴 눈의 피로일까, 아니면 엄청난 양으로 흩날리는 삼나무 꽃가루 영향으로, 드디어 자신도 수많은 일본인처럼 화분증[3]을 앓는 걸까? 관자놀이를 압박하니 조금 시야가 맑아진 느낌이 든다.

사주팔자는 컴퓨터 프로그램을 사용해서 본다. 컴퓨터 교실에 다닌 보람이 있어서 조작에 불편함은 없다. 고객 데이터를 입력하면, 우수한 소프트 프로그램이 사주팔자 결과를 알아서 가르쳐준다.

그러나 컴퓨터가 내주는 '사주명식四柱命式'이라 불리는 점괘는 별로 구체적이지 않다. 대충 숙명성宿命星에 따라 그 사람의 기질을 볼 수 있고, 보조성補助星이 행동 에너지를, 오행이 운세, 운명을 나타낸다. 그것을 바탕으로 미숙이 조언을 하게 된다.

사주팔자 프로그램을 산 사람은 사장인데, 점괘를 어떻게

---

3 삼나무 꽃가루 알레르기를 일본에서는 '화분증(花粉症)'이라고 부른다. 주로 2월부터 4월까지 삼나무 꽃가루가 대량으로 퍼져나가는 시기에 환자가 발생한다. 나무로 집을 짓는 일본에서는 잘 자라는 삼나무를 심는 일이 많았는데, 삼나무를 심는 일이 증가하면서 화분증도 급속도로 퍼져나갔다. 일본인의 3분의 1이 앓고 있는 질병이라고 한다.

해석하고 전달하는지는 미숙의 수완에 달려 있다.

얼마간 눈앞 쪽을 더 압박한 후, 다시 복사된 신상명세서와 거기에 첨부된 메모를 살펴본다.

보면 볼수록 나오코의 글씨는 개성이 강하다.

조 따가히로
1982년 11월 17일 출생.

미숙은 시즈카의 얼굴을 떠올린다. 눈초리가 사납고 음침한 다카히로에게 시집오겠다는 사람이 있을 리 만무하다.

남편 에이주를 처음 만났을 때도 인상이 참 어둡다고 생각했다. 그러나 조금이라도 머리를 굴려보면 알 것이다. 괜찮은 사람이었다면, 일본에서 얼마든지 결혼 상대를 찾을 수 있었을 것이다. 일부러 한국까지 와서 아내를 구하겠다니 에이주는 상당히 난처한 상황이었음이 분명하다.

명문대를 나와 일본 기업에 당당히 취업한 장남 도쿠주와는 달리, 에이주는 고졸에 변변한 일자리도 없는 '함량 미달'의 아들이었던 것 같다. 그가 미숙을 만났을 때는 친구가 경영하는 다방에서 일을 돕고 있었다.

미숙은 아버지가 아는 사람 소개로 서울의 한 호텔 레스토랑에서 선을 봤다. 그 자리에서 에이주는 거의 아무 말도 하지 않았다. 지금 생각해보면, 한국말이 서툴렀기 때문이었으리라. 고래를 숙이고 있던 탓에 짧게 자른 귀밑머리만 눈에 들어왔다. 대화의 중심은 미숙의 아버지와 에이주의 부모님이었다.

그때는 에이주가 미숙보다 열 살이나 연상에 어른스러운 성격이어서, 그저 쓸데없는 말을 하지 않는 것이라고 좋게만 해석했다. 입꼬리에 거품을 문 채 큰 소리로 떠들어대는, 감정 표현이 과한 한국 남자와는 달리 일본에 살고 있어서 온화하고 자상한 성격일 거라고 단정했다.

이렇게 이름의 한자만 보니 에이주와 막상막하로, 다카히로도 이름의 뜻은 엄청난데, 실제로는 그 이름값을 전혀 못하고 있는 것 같았다.

사실 다카히로는 초라하고 볼품없는 인상이다. 아마도 남을 노려보는 듯한 눈초리 때문일 것이다. 도쿄대 졸업, 경제연구소 연구원이라는 경력은 그럴듯해 보이지만, 조카의 사진을 들이대면 대부분의 상대가 당연히 퇴짜를 놓을 것이다. 남자에겐 외모가 중요하지 않다고 하지만, 그 얼굴 생김새 이전에 다카히로는 회색에 가까운 색의 마이너스 아우라를 휘감고 있다. 그 아우라는 사진에서도 드러나는 법이다.

사진이란 현실 모습 이상으로 그 사람의 본질적인 색, 다시 말하자면 기질이란 것을 찍어내기도 한다. 역술가로 일해

오면서 몇 번인가 젊은 여성들의 연인 사진을 본 적이 있는데 이름이나 생년월일 없이 사진만으로, 거기 찍힌 아우라만으로 궁합을 맞출 때도 있었다.

다카히로는 어릴 때부터 조용했는데, 만화 속의 얼굴에 사선이 그려진 어두운 등장인물처럼 늘 떨떠름한 표정을 지으며 공부만 했다. 발랄한 구석이라곤 눈곱만큼도 없는 아이로, 아무리 봐도 아이같지 않았다. 그 아이는 얼굴을 마주쳐도 인사도 하지 않았다. 설날에도 다카히로는 친척들과 거의 대화를 하지 않았다. 귀염성 없고 싹싹하지 않은 성격은 예나 지금이나 다름없다.

그런데 그런 다카히로와 맞선을 보겠다는 여성이 적어도 한 명은 있다는 것이다. 그것은 즉, 자신처럼 조건만 보고 시집을 가겠다는 젊은 여성이 이 시대에도 아직 존재한다는 의미다.

아니, 자신과 동일시해선 안 된다. 미숙의 경우엔, 상대가 조금도 좋은 조건이 아니었다. 일본에 올 수 있다는 사실 하나만으로 거의 의사소통이 되지 않는 에이주와 결혼했다. 다카히로는 에이주과 비교하면 조건은 좋은 편이었다.

어떤 아가씨가 다카히로를 만나보고 싶어 하는지 흥미가 생겼다. 미숙은 복사된 신상명세서를 읽기 시작한다.

김사리(일본 이름 : 가나야마)

아버지 김대오

어머니 무네 히사코

차녀

생년월일 1985년 6월 3일

본적지 제주도

주소 도치키현 우쓰노미야시

학력 간토여자대학 가정학부

현재 하루타 물산 근무.

金紗理(通称名：金山)

父　金大吾

母　宗久子

次女

生年月日　一九八五年六月三日

本籍地　済州島

住所　栃木県宇都宮市

学歴　関東女子大学家政学部

現在　ハルタ物産勤務

컴퓨터로 타이핑한 문자라면 몰라도 세로로 쓰인 신상명세서는 달필이지만, 판독하기 어렵다. 한자로만 적혀 있으니 더더욱 그렇다. 미숙은 머릿속에서 한국어로 생각하기 때문에 일본어보다 한글이 바로 눈에 들어온다.

게다가 이 신상명세서에는 최소한의 정보밖에 적혀 있지 않다. 정식 신상명세서의 양식에 대해서는 알지 못하지만 이런 수준으로 충분할 거라는 생각은 들지 않는다. 취미, 관심 분야, 소지한 자격증 등이 쓰여 있어도 좋으련만.

미숙이 전문으로 하는 사주추명에서는 네 개의 기둥으로 점을 본다. 그것은 태어난 해, 달, 날짜, 시간을 의미한다. 또 출생 장소가 정확하면 정확할수록 더 자세하게 점을 볼 수 있다. 어찌 되었든 이 신상명세서와 간단하기 그지없는 메모만으로는 태어난 시간과 출생 장소를 알 수 없어서, 나오코에게 전화를 걸어 물어보기로 했다.

휴대전화를 손에 들었지만 휴게실에서 통화를 하면, 주위에 내용이 다 들려서 다른 역술가에게 방해가 된다. 곧바로 생각을 바꿔 문자를 쳤다. 가능하면 두 사람의, 그게 어렵다면 다카히로만의 출생 장소와 출생 시간을 알려 달라는 문자를 보냈다. 답장이 오면 남은 시간에 부스 안 컴퓨터를 사용해 사주팔자 결과를 출력할 생각이었다. 바로 답장이 오면 점심시간 동안 점을 봐둘 수 있을지도 모른다.

"미숙이 아줌마!"

동수가 휴게실로 찾아와 말을 건다. 동수는 접수창구에서 일하는 청년으로, 반년 전에 경상북도 대구에서 왔다. 아직 20대 초반의 나이로 큰 키가 돋보인다. 귀공자 같은 생김새를 하고 있지만, 온몸에서 열정적인 빨간 정기가 뿜어져 나온다. 일본에서 한몫 잡아보자고 분발하고 있는 것이 분명하다.

"예약하신 손님이 쪼매 일찍 오셨는데예."

경상도 사투리로 말하며 코에 주름을 지으며 웃는다. 그를 보기 위해 몇 번이곤 점을 보러 찾아오는 아가씨들도 이해가 간다. 모성 본능을 자극하는 수줍은 듯한 서투른 일본어가 동수의 치명적인 매력이다.

사장이 접수 자리에 동수를 앉힌 것은 '역술관 사랑' 고객의 중심인 젊은 여성들과 중년 여성들을 사로잡기 위한 전략이다. 한류 스타 같은 상큼한 미소와 마치 한국 현지에 온 것 같은 착각을 불러일으키는 한국어가 고객 확보를 위한 주요 요소인 것이다.

미숙이 일본에 처음 왔을 때는 일본어를 잘 못 해서 참담한 일도 여러 번 겪었다. 한국인이란 걸 알게 되면 깔보는 듯한 태도로 대하는 일본인도 많아 서글픈 마음이 들 때도 있었다. 그런데 요즘 신오쿠보 일대에서는 일본어를 잘 못 하는 것이 반대로 득이 된다니, 시대가 바뀌었다는 생각이 들지 않을 수 없다. 일본인의 의식이 이렇게 한국에 호의적으로 변하리라곤 상상도 하지 못한 일이다.

그런 한편, 인터넷에서는 한국을 극심하게 혐오하는 일본인들도 있다. 그런 사람들도 결코 적은 수가 아니기 때문에, 그런 사람들이 언제 어떻게 인터넷 밖으로 터져 나올지 불안하기도 했다.

실제로 지난달에 미숙이 출장으로 짐을 보러 가려고 전철을 탔을 때, 한복을 입은 모습이 곱게 보이지 않았는지 한 젊은 남자가 "총[4] 더러워!" 하며 욕설을 퍼부은 후, 침까지 뱉은 일도 있었다.

한국은 한국대로 반일감정이 큰 사람들도 많다. 그리고 위정자의 태도에 따라 한일관계가 껄끄러워지는 일도 왕왕 있는 일이다. 그렇게 되면 매일을 열심히 살아가는 미숙과 같은 시정아치들의 심경이 제일 먼저 복잡해진다.

그런 연유로 미숙은 한국인이 일본에서 살아가는 것이 지금도 결코 쉬운 일만은 아니라는 것을 자각하고 있다. 그래서 최근 유행하는 한류도 두 손 들어 마냥 기뻐할 수만은 없었다.

"알았어, 지금 갈게."

---

4 조선인을 폄하해서 부르는 말이다. 에도시대에는 어리석은 사람을 '총(チョン)'이라고 불렀다고 하는데, 제2차 세계대전 당시에는 조선인을 '총'이라고 불렀다.

미숙도 한국말로 대답한 후, 동수를 향해 고개를 끄덕였다. 얼른 복사용지를 투명파일 안에 집어넣고 가방 속으로 쑤셔 넣었다. 그러고는 양팔을 벌려 기지개를 편 후, 자리에서 일어났다.

신오쿠보역에서 걸어서 7분. 역 앞의 '신오쿠보 대로'에서 골목으로 한 블럭 들어간 곳에 있는 3층짜리 오타 빌딩 1층은 잡화점이었다. 한국 화장품부터 한국 배우, K-POP 아이돌 상품, 포스터 등 다양한 제품들이 다타미 10장[5]쯤 되는 가게를 가득 채우고 있었고, 미어터지는 만원 전철처럼 언제나 손님들로 북적였다. 가게뿐만 아니라 신오쿠보 전체가 일본 전국에서 몰려든 사람들로 혼잡하다. 그 대부분이 여성이라는 것도 기묘하다면 기묘하다. 점을 보러 오는 손님도 거의 90퍼센트가 여성 고객이다.

잡화점 입구 옆, 좁은 계단을 올라가면, 입구 유리문에 '역술관 사랑'이라고 일본어로 쓰인 목제 간판이 걸려 있다. 유리문 정면이 접수창구로 동수가 웃는 얼굴로 손님을 맞이하며 안녕하세요, 하고 인사한 후, 찾아온 손님의 예약 여부를 확인한다.

---

5   약 16.5 평방미터.

216   사주팔자

예약도 없이 무작정 찾아와 미숙에게 점을 봐달라는 손님들도 많아서 "아줌마는 예약 이빠이. 다른 점은 어때요?" 하고 다른 역술가를 추천하는 일도 종종 있다.

'역술관 사랑'의 역술가는 모두 세 명이다. 상현 오빠는 손금, 미숙 아줌마는 사주팔자, 지정 할머니는 풍수지리. 복채는 오빠가 가장 싸서 30분에 3,000엔, 아줌마는 30분에 5,000엔, 할머니는 30분에 7,000엔을 받는다.

한국말로 '오빠'는 여성이 자기보다 나이가 많은 연인을 부를 때 흔히 쓰는 호칭이다. 한국 드라마를 많이 본 고객들은 그런 것도 익히 알고 있어서, 무척이나 기쁜 얼굴로 '상현이 오빠'라고 부른다. 미숙에게는 그다지 고상해 보이지 않지만, 일본 젊은 여성들의 이런 천진난만함은 좀 부럽다는 생각도 든다.

부산 출신인 상현은 일본에 온 지 2년 된 스물여섯 살 청년으로, 동수와 전혀 다른 이미지의 단정한 생김새를 하고 있다. 키는 동수보다 작았지만, 꽤 다부진 '몸짱'이다.

상현에게 손을 맡기고 멍하니 얼굴만 바라보는 손님들도 적지 않다. 연인처럼 가까운 거리에서 손금을 본 이들은 운세보다는 그것만으로 만족하는 것 같았다.

그리고 손을 잡은 채, 상현이 속삭인다.

"사주도 보고 가세요. 아줌마가 용하니까 꼭 예약하고 가세요."

"참, 할머니 풍수지리도 최고예요."

그러면 손님들은 상현이 권하는 대로, 다음에는 미숙과 지정의 부스에 예약하는 시스템이다. 그렇게 미숙을 거쳐, 지정의 풍수지리까지 보는 손님들도 적지 않다.

미숙이 부스 안으로 들어가자, 30대 중반쯤으로 보이는 여성이 이미 앉아서 기다리고 있었다.

"안녕하세요?" 하고 테이블을 사이에 두고 여성의 정면에 앉아, 눈앞의 아로마 캔들에 불을 붙였다.

여성은 미숙을 보자 안심한 듯한 얼굴이다. 정성 들여 곱게 화장한 얼굴에, 목덜미에 퍼가 달린 세련된 고급 옷을 입고 있다.

"잘 부탁드립니다."

그녀는 마주 보고 앉아 머리를 조아렸다.

"나카무라 가호 씨죠?"

예약할 때 생일, 출생 시간, 출생 장소 등을 미리 카운셀링 시트에 적게 한다. 카운셀링 시트는 메일, 팩스 등으로 접수하기도 하는데, 거기에 적힌 정보는 모두 사전에 컴퓨터에 입력하게 되어 있다.

"아아, 드디어 점을 볼 수 있게 됐어요."

간절한 눈으로 미숙을 보는 가호의 몸 전체를 보라색에

가까운 핑크색 아우라가 감싸고 있다. 그녀는 애정으로 충만해서 행복해 보인다.

이런 식으로 아우라가 보이게 된 것은 2, 3년 전부터다. '역술관 사랑'에서 많은 고객들의 점을 보다 보니, 어느 날 아우라를 볼 수 있게 되었다.

아버지도 아우라라는 말 자체는 쓰지 않았지만 흔히 저 사람은 초록색이라든가, 빨갛게 보인다, 파랗게 되었다고 말하곤 하셨기에 아버지로부터 유전적으로 물려받은 능력이라는 생각도 들었다.

색이 보인다는 사실은 아무에게도 알리지 않았다. 점을 볼 때 아우라 색을 슬쩍 내비치는 일도 있지만, 감각적이고 불확실한 것을 입에 올리는 일은 가급적 피하고 있다. 미숙은 제대로 된 데이터를 기준으로 점을 보는 것이 점괘에 대한 신뢰와 직결된다고 믿는다.

미숙은 손님과 자신 사이에 놓인 컴퓨터 모니터 쪽으로 눈을 돌려 가호의 뜨거운 시선에서 벗어난다.

전원을 켜고 컴퓨터가 구동되기를 기다린다. 가호가 미숙의 일거수일투족을 뚫어져라 쳐다보는 시선이 느껴진다. 뭔가 무척 궁금한 게 있어서 찾아온 게 확실하다.

미숙은 1년 전, 뉴스 프로그램의 작은 코너에서 '용한 역술가'로 소개되었다. 그 후부터 갑자기 오른 인기 덕에 '역술관 사랑의 아줌마'로 티브이와 잡지 등 언론에 여러 번 노출되었다. 그 덕에 지금도 미숙의 사주팔자는 3개월이나 예약이 밀려 있는 상황이었다.

미리 예약을 해둔 손님은 모두 심각한 고민을 가진 이들이 많았고, 그래서 미숙도 조금 마음이 무거웠다.

"궁합 보러 오셨죠?"

미숙이 마우스를 클릭하자, 프린터가 켜지며 시끄러운 소리를 냈다.

프린터가 빽빽이 글자가 들어찬 종이 세 장을 연달아 내뱉었다. 미숙은 종이를 들고 출력상태를 확인한 후, 테이블 위에 놓았다.

"그럼 시작할게요."

가호가 반짝이는 눈으로 종이를 주시하며 마른침을 삼켰다.

"먼저 당신이 가지고 태어난 성격입니다."

가호는 네, 라고 대답하고는 눈을 동그랗게 뜨고 미숙을 쳐다보았다. 미숙은 먼저 가볍게 헛기침을 했다.

"사주에서 당신의 숙명성은 비견比肩이라고 합니다. 비견인 사람은 사교성이 좋고 매우 매력적이에요. 하지만 다른 사람 말을 쉽게 받아들이지 못해요. 그렇지만 좋아하는 일에는 무척 정열적이지요."

가호는 음음, 하고 고개를 끄덕이더니, 본래의 기질에 대해 이어지는 미숙의 설명에 조용히 귀를 기울였다.

"자립심은 강하지만 마지막에는 정에 약한 면이 있지요?"

미숙이 풀이를 시작하자, 가호는 약지에 백금으로 보이는 반지를 낀 손을 무릎 위에서 꼭 쥐었다.

"딱 맞아요. 네, 정말 그래요. 별거 아닌 일에 마음이 약해져서."

"성격과 앞으로의 운세는 자세하게 이 종이에 적혀 있어요. 당신 사주명식을 보면 보조성은 편재偏財. 그리고 의욕, 즉 에너지를 숫자로 표현하자면 6. 그에 비해 재능은 5.8로 약간 겉도는 면이 없지 않지만, 밸런스는 좋아요."

"정말이요?"

가호의 표정이 부드러워졌다.

"네, 원래 재능도 에너지도 4 정도밖에 안 되는 사람도 있어요. 에너지, 즉 의욕은 6인데, 재능이 낮아서 생각처럼 꿈을 이루지 못하는 사람도 있지요. 반대로 재능은 6이나 되는데 의욕이 부족해서 실패하는 사람도 있습니다."

에이주를 떠올린다. 에이주는 재능도 의욕도 4인 것이다.

"도대체 얼마가 최대치인 건데요?"

"제가 지금까지 본 것 중에는 6.5 정도가 제일 잘 나온 숫자예요. 그러니 당신은 재능도 의욕도 높은 편이에요."

미숙은 잘 어울리는 직업을 나열했다. 사람과 접하는 직업이 좋겠다고 말하자 가호는 정말이냐며 밝은 목소리로 눈을 반짝였다.

"직장에 다닐 때는 평범한 사무직이었는데 일은 잘하는 편이었어요. 아마 영업에 소질이 있었을지도."

"그런데,"

고개 숙인 가호의 얼굴이 금세 변해 어둡게 변한다.

"지금 환경에서는 재능이 있어도 아무것도 못해요. 남편은 제가 일하는 걸 싫어해요. 아이도 없는데 집에만 있으라고 하거든요. 남편하고는 뭣 하나 서로 맞는 게 없어요."

"그럼 남편분과의 궁합을 좀 볼까요?"

"부탁드려요."

가호는 얼굴을 치켜들고 바짝 달라붙었다.

미숙은 두 장째 종이를 테이블 위에 올려놓고, 인쇄된 활자들을 눈으로 읽었다. 가호가 숨을 멈추고 지켜보는 것이 느껴졌다.

"나카무라 다쓰오 씨와의 궁합은…… 음, 여기 자세히 있네요. 간단하게 말하자면 당신은 목, 화, 토, 금, 수 오행 중에서 화, 즉 불입니다. 그런데 남편분은 물. 그래서 궁합은…… 그다지 좋지 않아요."

미숙은 조심스럽게 말했는데 가호의 얼굴은 예상과 달리

활짝 피었다.

"역시 그렇군요. 그럴 거라고 생각했어요. 저희는 선보고 중매결혼했어요. 처음부터 별로 맞지 않았는데, 어쩔 수 없이 타협하고 결혼했죠."

강단 있는 어조다.

"숙명성이 비견인 사람은 자아가 강해요. 자신이 좋아하는 타입이 아니면 타협을 못 하죠. 그래서 아무리 조건이 좋아도 마음이 맞지 않는 상대와는 같이 살기 힘들어요. 조금씩 상대를 이해하고 연애로 발전해가면 실패하지 않아요."

"천천히 고를 기회가 없었어요. 선보고 결혼했으니까요. 어쨌든 부자였고요."

"저도 선보고 결혼한 거라 잘 알아요."

"좀 그렇죠?"

가호는 깊게 고개를 끄덕였다.

"저기요. 아줌마, 일본어 참 잘하시네요. 근데 그 말투와 억양이 재일교포는 아닌 것 같은데. 한국에서 오신 거죠? 언제 일본에 오셨어요?"

"20년 전에 여기 사는 재일교포랑 결혼해서 일본에 건너왔어요."

"정말요? 실은 저도 한국인이에요. 재일교포요. 한국 성은 '정'이에요. 나카무라는 남편의 일본 이름이구요. 부모님이 절대로 재일교포가 아니면 결혼을 허락하지 않는다고 하셔서. 그래서 선을 봐서 결혼했어요. 그때까지 별로 연애도 못 해봤어요. 그런데 정신을 차리고 보니 벌써 분위기가 결혼을 하는 쪽으로 흘러가고 있더라고요. 근데 좋아하지도 않는 사람이랑 결혼한 건 아무래도 잘못한 거 같아요.”

이렇게 실은 자신이 한국인이라든가, 재일교포라고 고백하는 사람은 지금까지 적지 않았다. 그리고 동포라는 동질감과 안도감 덕분에 갑자기 마음을 열고 심각한 고민을 토로하는 케이스도 여러 번 봐왔다. 같은 민족이지만, 전혀 모르는 타인이라는 점도 입을 열게 하는 하는 이유라고 생각한다.

미숙도 연애를 별로 해보지 못하고 중매결혼을 한 터라, 가호의 마음이 이해도 되고 공감도 된다. 미숙 역시 에이주와의 궁합이 좋지 않다. 하지만 어떻게든 맞춰가며 사는 수밖에 없다. 앞으로 어떻게 살지를 고민하는 것이 더 중요한 일이다.

“앞으로의 운세를 볼게요. 앞으로 둘이 잘 살려면 먼저 당신이 조금 자기 성격을 죽이고, 상대를 존중해가면⋯⋯.”

“저기요, 아줌마.”

가호는 미숙의 말을 끊었다.

“남편은 됐어요.”

주변을 슬쩍 둘러보고는 소리를 낮췄다.

“혹시 시간이 되면, 다른 사람과의 궁합을 좀 봐줄 수 있나요?"

옆쪽 상현의 부스에서 목소리가 새어나오는 것이 신경이 쓰이는지, 자신의 이야기가 옆에 들리지나 않을지 꽤 조심하는 눈치다. 건물 한 층을 칸막이로 나눠서 쓰기 때문에 목소리가 크면 옆 부스 역술가와 손님에게 상담 내용이 탄로 날 수도 있다.

미숙은 손목시계를 확인했다. 일찍 시작해서 시간 여유가 있다.

"추가 요금은 낼게요."

"아니에요. 시간이 아직 남았으니 괜찮아요. 여기에 그 사람 이름하고 생년월일, 혹시 알고 있다면 태어난 장소, 시간을 써주세요."

미숙은 출력된 종이 여백을 가리키며 볼펜을 건넸다.

"아리가토. 아니, 감사합니다."

가호는 밝은 표정으로 가방에서 수첩을 꺼내 펼쳤다.

"실은 처음부터 물어보려고 그 사람 태어난 시간하고 출생 장소를 알아왔어요."

그녀는 큰 비밀이라도 털어놓듯 저는요, 하며 미숙에게 얼굴을 가까이 가져다 댄다.

"실은 다른 남자와 사귀고 있어요."

가호의 젖은 눈동자 속에서 아로마 캔들의 불빛이 흔들

린다. 미숙은 놀란 표정을 짓지 않으려고 애를 쓰며 쓸데없는 말을 덧붙이지 않기로 했다.

가호는 수첩을 보고 여백에 '그'의 정보를 적었다.

오지훈. 1986년 5월 19일 오전 8시경. 한국 강원도 춘천 출생.

"언젠가 꼭 함께할 거라 믿어요."

가호는 장담했다.

미숙은 대답하지 않고 고개를 끄덕인다. 컴퓨터 모니터 쪽을 보고 '그'의 정보를 입력해나갔다.

"궁합은 좋을 거예요."

자신만만한 가호는 연애에 푹 빠져 반짝반짝 빛을 발한다. 그녀는 아이가 없어 시간도 많을 텐데, 맞벌이를 안 해도 되는 복 많은 팔자에 애인까지 두고 있다.

미숙은 키보드를 두드리며 결국, 고생해본 적 없는 사람의 지나친 욕심이라고 마음속으로 중얼거린다. 자신처럼 간신히 입에 풀칠하고 살아야 하는 팔자라면, 아무리 부정해도 받아들이고 일을 해서 돈을 벌 수밖에 없다. 그리고 궁합이 좋건 나쁘건 남편과 같이 살 수밖에 없다.

그렇다고 여기서 자신과 비교하면 결론도 없고 그저 피곤할 따름이다. 점 보러 오는 손님을 일일이 부러워하거나 그들에게 자신의 생각을 강요할 순 없다. 어디까지나 미숙은 점을 봐주고, 정보를 전달하는 역할에만 충실하면 되기 때문이다.

"세상 사람들에겐 불륜으로 치부될지 몰라도 우린, 드디어 만난 운명의 상대라고 생각해요. 만나는 순서가 잘못되었을 뿐……."

가호는 수다스럽게 말을 이어갔다. 미숙은 모니터를 보면서 그렇군요, 아, 네, 하며 가끔씩 맞장구를 쳤다.

가호의 '연인'이란 인물은 신오쿠보 음식점에서 일하는 여덟 살 연하의 한국인 남성이라고 한다.

"그이를 만나고 뭐랄까, 애국심이 생긴 것 같아요. 저는 재일교포란 사실이 싫었고, 솔직히 한국이 조국이라 해도 별로 좋아하지도 않았어요. 그런데 이 사람을 만나고 한국이 좋아져서 다행이에요. 그래서 갑자기 한국어가 배우고 싶어서 지금 열심히 배우고 있어요. 이제 이 사람은 제 인생에서 없어서는 안 될 사람이죠."

한국에서 일본으로 온 미숙은 2세, 3세인 재일교포들의 복잡한 심경을 잘은 이해하지 못했다. 나오코 역시 "한국은 일본보다 아직 후졌지"라는 발언을 종종 해대는 것을 보면, 순수한 애국심이 있다고는 믿을 수 없다.

미숙은 조국을 좋아하지도, 싫어하지도 않는다. 중요한 것은 마음 둘 곳이다.

프린터에서 종이가 출력되는 소리가 들려오고, 가호도 더 이상 사랑 얘기를 꺼내지 않는다.

"어때요?"

가호는 숨을 죽이고 미숙의 손끝에 있는 종이만 쳐다본다.

"잠깐 기다리세요."

미숙은 종이에 적힌 연애의 행방에 시선을 떨어뜨린다.

"궁합이 안 좋을 리가 없어요. 이런 얘긴 좀 민망하지만."

가호는 거기서 일단 말을 끊었다. 미숙은 얼굴을 들어 다음 이야기를 기다렸다. 가호는 미숙을 봤다가 다시 자기 무릎으로 시선을 돌렸다가 그렇게 여기저기를 둘러보다 "그게," 하고 말했다.

"속궁합이 무지 좋거든요."

속삭이듯 말하곤 아로마 캔들의 불꽃을 지긋이 바라보았다. 그 눈동자는 그 남자를 생각하고 있는지 수상하면서도 요염했다.

미숙은 마음속으로 한심하다고 생각하며 무표정하게 다시 인쇄된 글자를 따라 읽었다. 궁합이 좋은 것은 확실했다. 그는 오행 중 '목', 즉 나무로 가호의 불과는 좋은 조합이었다. 불은 태양으로 예를 들 수 있다. 나무를 풀과 꽃이라고 하면, 풀과 꽃은 태양 없이는 자랄 수 없듯 나무에 있어 불은 필수 불가결한 존재다.

미숙이 해석을 해주자 가호는 역시나, 하며 숨을 내쉬듯 말한다.

"그 사람, 저 없이는 살아갈 수 없다고 매일같이 이야기하거든요."

연애에 빠진 남자의 흔한 대사다. 드라마에서도 자주 나온다. 장벽이 높을수록 그 연애가 특별해 보이고, 둘만의 연애에 푹 빠져 헤어나지 못한다.

아니, 어쩌면 가호는 이용당하고 있는지도 모른다. 한국에서 온 교활한 남자가 사귀기 쉬운 여자를 옆에 두기 위해 준비한 대사인지도 모른다. 이런 레퍼토리는 신오쿠보에선 발에 차일 정도로 흔한 얘기다.

"그럼 제가 남편과 헤어지고 이 남자랑 결혼하는 게 좋을까요?"

가호는 누군가가 등 떠밀어주길 기다리고 있는 것이다.

"음, 그럴까요?"

미숙은 긍정으로도, 고민 중으로도 해석 가능한 유리한 일본어를 골라 대답했다.

운세를 다시 확인했지만 이혼을 시사하는 점괘는 보이지 않았고, 금전 트러블에 엮일 것 같다고 나왔다.

"어쩌면 돈 때문에 고생할지도 몰라요."

"그래요? 그이가 돈이 없긴 해요. 제가 조금씩 보태고 있어요. 근데 저는 이 남자랑 살 수 있다면 발 벗고 나서서 열심히 일해 돈 벌 거예요."

그렇게 단언한 가호는 자신감으로 가득 차 있었다.

"조금 신중하게 생각해보세요."

한번 정하면 불 속이라도 기꺼이 뛰어드는 비견이란 숙명성 아래 태어난 가호에게, 미숙은 자신도 모르게 본심을 털어놓고 만다. 동포가 불행해지는 것을 바라지 않는다.

"괜찮아요. 남편은 아직 몰라요. 그리고 그이가 군대에 가야 해서 일단은 귀국해야 해요. 군대 갔다 와서 결혼하자고 하니까 지금 당장은 아니에요. 그래도 음, 점괘에서도 일이랑 적성이 맞는다고 나왔으니까 이제 일을 시작해서 자립해야겠어요."

가호는 점괘가 출력된 종이를 사 등분 한 후, 가지런히 접어서 루이뷔통 가방 안에 넣었다. 미숙이 가진 모조품과는 달리 진품일 것이다.

"미숙 씨가 점을 봐줘서 참 좋았어요. 그럼 또 상담하러 올게요."

가호는 눈이 부실 정도로 환한 얼굴로 말했다.

미숙은 점만 볼 뿐 누군가에게 이래라저래라하고 지시할 만큼 어진 심성의 소유자도 아닌데, 가끔씩 손님들이 인격자로 대할 때면 곤란해지곤 한다. 자신을 의지하러 오는 사람들은 장사치 입장에서는 대환영이지만, 자신에게 모든 것을 맡기려는 손님들을 대할 때면 그 무게가 너무 무겁게 느껴진다.

가호 같은 손님은 조심해야 한다. 점괘를 마냥 믿어주는 것은 고맙지만, 미숙에게 판단까지 맡기는 것은 곤란하다. 남의 인생에 책임을 질 수는 없다.

서울에서 점을 보던 아버지도 같은 고민이 있었고, 술을 마시면 미숙에게 넋두리를 하곤 했다.

예로부터 한국에서는 일본보다 점괘를 더 믿어왔다. 역술가뿐만 아니라 무당에 대한 신뢰도 깊어, 굿은 한국 사회와 생활에 널리 뿌리를 내리고 있다. 역술가와 무당은 특별한 의미를 가지며 그것을 믿는 마음은 종교에 대한 신앙과 견줄 수 있다. 아버지는 소송 소동이 벌어지기 전까지 박사라고 불렸을 정도다.

전국에서 점을 봐달라는 사람들로 집 안은 넘쳐났다. 대학 입시를 앞둔 부모와 자식이 찾아와 점괘에 따라 지원하는 대학을 변경하기도 했다. 물론 결혼을 앞둔 자녀의 궁합을 보러 오는 부모도 꽤 되었다.

개중에는 전면적으로 아버지를 신뢰해서 투자 상담을 받으러 오는 손님도 있었다. 아버지가 점괘에 따라 조언을 했는데 그 투자가 실패하자 그들은 곧장 아버지를 고소했다. 재판에서는 겨우 승소했지만, 그 후 미숙은 가짜 점쟁이의 딸로 세간으로부터 손가락질받았다. 그런 이유로 미숙은 결혼이라면 엄두도 낼 수 없게 되었다.

어머니를 여의었고 고졸이라 학력도 변변치 못한 데다 외모도 뒤처지는 미숙에게는 애인은 고사하고 연애 경험조차 없었다. 따라서 일본으로 시집가는 것 외에 남은 길이 없다고 생각한 아버지는 재일교포와의 선 자리를 마련했다.

좋은 집안 딸은 재일교포 따위에게 시집가지 않는다고 친척들은 수군댔지만, 미숙은 에이주와의 결혼이 최선의 선택이라는 아버지에게 설득당했다.

아버지 점괘에 따르면, 에이주와 미숙의 궁합은 별로 좋지 않지만 시아버지와 시어머니가 좋은 사람이고, 점괘만 보면 에이주의 형수와는 성격이 잘 맞으며 길게 봤을 때 안심하고 살 수 있을 거라고 했다. 아버지는 결혼은 집안과 집안이 만나는 거라고 강조했다. 그리고 미숙이 바다를 사이에 둔 나라로 시집갈 운명이라고도 했다.

미숙은 단 하나뿐인 가족인 아버지와 떨어져 살고 싶지 않았다. 하지만 아버지가 자신을 안타깝게 여기는 그 마음도 충분히 이해할 수 있었다. 여자는 시집을 가는 것이 행복한 일이라고 아버지는 굳게 믿고 있었다. 그리고 한국에서는 자식이 부모의 말을 거스리는 것은 엄연히 불효였다. 더욱이 미숙의 마음속에도 20년 전 당시, 무엇이든 한국보다 세련되고 더 앞서간 듯 보이는 일본이라는 나라에 대한 옅은 동경이 있었던 것도 부정할 수 없다.

실제로 살아본 경험으로 봐도, 일본은 청결하고 안전하며 편리하고 살기 좋다. 그렇지만 미숙은 역시나 자신의 조국과 아버지가 한없이 그리웠다.

그런 자신이 일본에서 아버지처럼 사주팔자를 보게 된 것은 기구한 운명이라고 생각한다.

"나카무라 씨, 집 구조를 알려주면 할머니가 풍수지리를 봐주실 거예요. 귀문에 주의하면 연애도 더 잘될 거예요. 가기 전에 접수처에서 꼭 예약하고 가세요."

그럴게요, 라며 가호는 들어올 때보다 더 강렬한 핑크색 아우라를 발산하며 부스를 나섰다.

사주풀이가 끝나면, 꼭 사장인 지정의 풍수지리를 권하도록 하고 있다. 손금을 보는 상현도 마찬가지다.

요컨대 고구마 줄기 식으로, 서로가 서로를 추천하여 마지막에는 지정 할머니의 풍수지리를 보도록 유도한다. 손님은 지정 할머니가 권하는 대로 '운수 대통한다'는 숯에 큰돈을 지불한 후 정원이나 집 아래에 묻거나 '돌파력이 생긴다'는 돌을 사서 현관 앞에 두게 되는 것이다.

가호 다음 손님은 젊은 여자들이 많았다.

"동수랑 궁합을 봐주세요."

가녀린 목소리로 호소하는 이 여성은 금속제 안경을 쓴 꽤나 수수한 차림인데, 이십 대 후반쯤으로 보인다. 안경과 같은 색의 은색 아우라가 몸을 휘감고 있다. 그녀는 심각한 표정으로 미숙을 바라본다. 은색은 고풍스런 생각을 가진 사람들에게서 흔하게 볼 수 있는 색이다.

그녀의 소원은 점을 볼 것도 없이 이뤄지지 않을 것이라 생각하니 마음이 복잡했다. 동수에게는 한국에 두고 온 애인이 있으며, 얼마 후 그녀가 일본에 와서 함께 살게 될 것이었다. 동수의 휴대폰에 보관된 그녀의 사진은 얼굴이 화려하고 귀여운 아가씨다. 동수는 그 아가씨에게 푹 빠져 있었다.

"동수가 그렇게 좋아요?"

그만 본심이 툭 튀어나온다. 그녀는 볼에 손을 가져다 대고 조금 부끄럽다는 듯 소극적으로 그렇다고 답한다.

동수와 상현과의 궁합을 보러 온 손님이 이달만 세 명째다. 이렇게 일본 여성들이 한국 남자에게 마음을 빼앗기는 것은 참 불가사의하게 느껴진다. 무리를 지어 신오쿠보를 찾아오는 일본 여성들은 미숙의 상상을 초월한다.

개인차가 있기는 하지만 한국 남자는 남자답고, 한결같이 고집불통에 자아가 강하다. 동수도 상현도 밝은 성격에 믿음직스럽지만, 자신의 의사를 웬만해선 굽히지 않는 고집스러움을 가지고 있다. 그래서 어리광을 피우며 자란 일본 여성들

사주팔자

과 오래 사귈 수 있으리라곤 생각지 않는다.

그렇지만 한국인을 이렇게나 열렬히 좋아하는 그 마음은 순수하게 받아들이고 싶기도 하다.

"어디가 그렇게 좋아요?" 하고 물으니 그녀는 눈을 가늘게 뜨고 미소를 지은 채 무엇보다도 체격이 좋고, 외모도 멋있어요, 하며 먼 곳에 시선을 두고 바라본다.

"그리고 드라마 같은 걸 보면 한국 남자들은 완벽하게 리드하잖아요. 그런 데다 로맨틱하고 정도 많고요. 또, 어른들한테 예의 바르고요. 그런 게 좋아요."

그녀의 목소리가 점차 밝아진다. 연약하게만 보였는데 의외로 심지가 굳은 건지도 모른다.

"근데 일본 남자도 착하고 괜찮지 않아요?"

미숙이 일본에 와서 맨 처음 느낀 것은 일본인은 여자도 남자도 평균적으로 누구에게나 친절하다는 점이다. 미숙이 아직 한국에 살던 시절에는 사람들의 행동이 기본적으로 퉁명스럽고 거칠었다. 점원들도 좀처럼 웃는 법이 없었다. 생각해보면 여간 이상한 게 아니다. 에이주조차 거친 면이 전혀 없다는 점에서는 그와 결혼해서 다행이라는 생각이 들 정도였다.

"그래요? 뭔가 우유부단한데……. 저는 초식남 같은 거 싫어요. 터프하다고 할까요? 남자다운 사람이 좋아요. 그래서 가능하면 한국 남자랑 결혼하고 싶어요. 남자는 남자, 여자는 여자로 있을 수 있다고 할까? 그런 점이 좋아요."

이 아가씨는 아무래도 동수라는 개인보다는 한류 드라마와 K-POP 아이돌을 통해 알게 된 한국 남자라는 막연한 이미지에 빠진 것 같다.

터프한 사람이 좋다니, 아직 젊기 때문일 것이다. 게다가 한국 남자가 이상형이라니, 뭔가 착각하고 있는 건지도 모른다. 평화로운 사회에서 살다 보니, 매일매일 어딘가 모를 결핍을 느끼고 더 강렬한 무언가를 좇고 있는 것 같다.

매일 생활을 함께하는 남자가 터프하다면 얼마나 피곤할까. 한국 남자와 결혼하고 싶다고 쉽게 얘기하지만, 문화와 생활습관이 다른 집에 시집을 가는 일은 생각만큼 간단한 일이 아니다. 게다가 한국 가정은 가족 행사도 많고 모임도 많으며 남성 상위 문화여서 며느리는 상당히 고생을 하게 되어 있다.

"그리고 있잖아요, 일본인인데 멋진 남자는 저랑 잘 안 어울리는 것 같아요. 그래서 자꾸 자신감이 없어지는데 상대가 한국인이면 멋있어도 어딘가 촌스러운 구석이 있고, 일본에 온 한국인 중에는 동수처럼 일본어가 서툴러서 귀여운 사람도 있고요."

그러니까, 어떤 의미에서는 한국 남자를 우습게 보고 있는 것이다. 한국에 여자를 사러 간다는 중년 남성들과 정신적으론 별반 다르지 않은 것 같은 느낌이 든다. 이런 생각을 자존심 강한 한국 남자들은 어떻게 받아들일까?

"한국 남자도 제각각이지요. 그리고 결혼은 신중하게 생각해서 해야죠."

"아줌마 남편도 당연히 한국 사람이죠?"

그녀의 시선이 미숙의 왼손 약지에 멈춘다.

"네, 그런데요."

미숙이 대답하며 18K 금반지를 감추듯 오른손을 포갰다.

"부러워요. 한국인 남편이라니."

이런 경솔한 발언은 생각이 짧다고밖에 할 수 없다.

"아니요. 제 경우엔 재일교포와 결혼했어요."

그러나 그녀는 미숙의 말을 도중에 끊고 "재일교포가 주변에 없어서 잘 모르겠지만, 한국인은 한국인이잖아요" 하고 못을 박듯 말한다.

"그렇기는 한데 한국에서 온 우리 입장에서 보면, 재일교포도 3세가 되면 일본인과 다름없어요. 요즘은 4세, 5세도 있고요."

"흠, 그럼, 아줌마는 일본 사람이랑 결혼한 거랑 별다를 바 없다는 말씀인가요?"

그렇다. 미숙은 자기도 모르게 고개를 끄덕인다. 이 외로움과 서러움은 에이주와 그의 가족에게서 자신과 같은 민족성, 한국인다움을 찾아내지 못하는 데서 시작하는 게 분명하다. 그리고 그들이 미숙처럼 애초부터 한국을 사랑하지 않는 것은 불 보듯 뻔했다.

그렇다고 그들이 일본을 좋아하느냐면 그것도 아니다. 그때그때 카멜레온처럼 한국인임을 자랑스러워하거나, 일본에 뿌리를 내리고 정착하는 중요성을 강조하기도 한다.

"그것도 피곤해 보여요. 한국인인데 일본인? 너무 복잡하잖아요."

스무 살도 더 어린 아가씨한테 동정을 받다니! 그러나 그녀가 하는 말은 모두 맞는 말이다.

일본인과도 다르고 한국에서 태어나 자란 한국인과도 전혀 다른, 재일교포라는 하나의 특수한 인종이 있는 것처럼 여겨진다.

"자, 시간이 없으니 빨리 점괘를 볼까요?"

미숙은 이야기를 마치고 출력된 종이에 시선을 돌린다. 그러자 그녀는 목을 길게 빼서 종이를 훔쳐보았다.

마지막 손님이 나가자, 저녁 8시가 지나 있었다. 에이주는 오늘 밤엔 늦게 돌아올 예정이니 서둘러 집에 돌아가지 않아도 된다.

미숙은 몸을 일으켜 크게 기지개를 편 뒤, 다시 의자에 앉

사주팔자

는다. 그러고 나서 다음 날 예약 손님 데이터를 컴퓨터에 입력했다. 손님이 쓴 카운셀링 시트를 보며 그 사람의 성품을 상상한다. 글씨체와 카운셀링 시트의 내용만 보고 인물을 머릿속에 그려보는 것은 미숙의 은밀한 즐거움이다. 실제로 마주하게 된 손님과 자신이 상상한 인상이 딱 들어맞으면 기쁘고, 인상이 다를 땐 그 차이가 재미있게 느껴졌다.

미숙은 데이터 입력을 끝내고 다카히로와 맞선 상대의 데이터를 컴퓨터에 입력했다. 나오코는 미숙이 보낸 메일에 금세 답장을 보내왔는데 상대방 아가씨의 태어난 곳과 시간은 알 수 없었다. 그래도 대충은 궁합을 볼 수 있으니 크게 문제될 건 없었다.

궁합 점괘를 모니터에 펼쳐놓고 '출력'을 클릭하여 실행했다. 다카히로의 점괘는 한마디로 요약하면, 궁합이 좋지 않았다. 다카히로는 '금'이고 맞선 상대는 '불'이었다. '금'과 '불'은 오행으로 보면, 서로를 받아들이지 않는다. 미숙은 그것이 조금이나마 기쁘게 여겨졌다.

궁합이 나쁘니 맞선은 성사되지 않을 것이다. 아무리 생각해봐도 다카히로과 결혼하는 아가씨가 불쌍하다. 궁합이 나쁜데 결혼을 하면 자신처럼 외로운 마음으로, 시댁이 아니라 친정에 마음을 둔 채 살아가게 될 것이 분명하기 때문이다.

하지만, 그래도.

혹시라도, 시아버지와 시어머니와의 궁합이 좋으면 그렇게 불행하지만은 않을 수도 있다. 자기와는 달리 일본에 친정이 있으니, 언제든지 친정에 놀러갈 수도 있을 것이다. 미숙도 근처에 사는 나오코와 궁합이 좋았기에 이제껏 참고 살아올 수 있던 것도 있다.

미숙은 아주버님인 도쿠주와 형님 나오코의 생년월일을 떠올리곤 컴퓨터에 입력했다. 그러고는 다카히로의 맞선 상대와의 궁합을 모니터로 확인했다.

맞선 상대는 도쿠주와만 좋은 관계가 될 것이다. 즉, 시아버지와 며느리의 궁합은 양호하다. 그러나 나오코와는 반목하는 관계로 나왔다.

시어머니와 며느리라면 몰라도, 시아버지와 며느리 사이가 좋다니 최악의 점괘다. 오히려 얽히고설키는 관계가 될 것이다. 따라서 이 맞선은 흔쾌히 권할 수가 없다.

미숙은 며느리 후보와 시아버지, 시어머니와의 궁합 진단 결과를 프린트하지 않고 컴퓨터 전원을 껐다. 다음으로 프린터 트레이에 놓인 다카히로와 맞선 상대와의 점괘가 인쇄된 종이를 집어 들고 투명파일에 끼워 넣은 후, 가짜 루이뷔통 가방에 넣었다.

집에 도착하자마자 나오코가 찾아왔다. 결혼 초기에는 인기척으로 귀가를 알아챌 수 있을 정도로 가까운 곳에 사는 것이 스트레스였는데, 간섭 심한 시부모님이 돌아가신 후에는 그다지 신경이 쓰이지 않게 되었다.

"저기, 있지, 어땠어?"

거실로 들어온 나오코는 단 1초도 기다릴 수 없다는 듯 곧장 질문을 퍼부었다.

미숙은 가방에서 투명파일을 꺼내 건네주었다. 나오코는 곧장 종이를 꺼내서 필사적으로 글씨를 따라 읽는다.

"글자가 작아서 잘 안 보여."

미숙보다 열다섯 살이나 위인 나오코는 벌써 예순으로, 돋보기 안경 없이는 작은 글자를 읽기 힘들 것이다.

"그래서 궁합이 좋다는 거야, 나쁘다는 거야?"

심문하듯 묻는다.

"나빠요."

감정을 싣지 않고 조용히 대답했다.

"그래? 아깝다. 고마워. 집에 가서 돋보기 끼고 천천히 읽어볼게."

아깝다는 말과 달리 나오코의 얼굴은 한결 화사해 보였다.

혼자서 간단하게 저녁을 챙겨 먹고 목욕을 한 후, 지정에게 빌린 한국 드라마 DVD를 틀었다. 연일 로맨틱 코미디 드라마를 본다. 연애라는 것을 경험해보지 못한 미숙에게는 신선한 내용이다.

더욱이, 일본에 시집온 후 아버지 장례식을 빼놓고는 한국에 두 번밖에 가지 못한 미숙에게 20년 전과 확연히 달라진 요즘 현대 한국의 모습과 사정은 특히 흥미롭게 다가왔다.

그리고 드라마에서 고향인 서울말을 듣고 싶기도 했다. 드라마 세계에 푹 빠져 있으면, 잠시 고향에 돌아간 것 같은 기분이 되었다.

5년 전에 아버지가 교통사고로 돌아가시고 10년 만에 서울을 찾았다. 그때 아버지의 책들을 전부 가지고 돌아왔다. 그것이 역술가가 된 계기였다.

아버지는 소송 소동이 사그라든 후, 시장 한 켠에서 사주팔자를 봐주고 있었다. 혼자 사는 집에서 시내까지 버스로 오갔다. 어느 날 버스에서 내릴 때 옷자락이 버스 자동문에 끼였는데, 운전수가 확인을 못 하고 그대로 아버지를 끌고 간 것이다.

만일 자신이 함께 살았다면 아버지 혼자 버스를 타도록 두지는 않았을 것이다. 일흔이 넘어서까지 아버지가 시장에서 일하게 하지도 않았을 것이다.

재일교포 남자에게 시집 따위, 가지 말았어야 했다.

아무리 경제적으로 어렵다고 한들, 더 자주 고향에 갔어야 했다.

미숙은 아버지 주검 앞에서, 후회로 온몸이 찢기는 듯한 고통을 느꼈다. 그럼에도 상주로서 야무지게 아버지를 보내드렸다. 아버지 생전, 특히 고소당한 후 근처에도 오지 않던 고모가 아이고, 하며 큰 소리로 우는 것을 빈껍데기 같은 마음으로 바라보았다.

일본에 돌아와 아버지의 책들을 펼쳤을 때, 비로소 장례식에서 참고 참았던 눈물이 터져 나왔다. 돋보기를 들고 밤늦게까지 책을 읽던 아버지 모습이 떠올랐다.

그리고 생계를 위해 일을 시작해야 했을 때, 미숙은 역술가가 되기로 했다. 아버지를 향한 마음이 아버지와 같은 직업인 역술가가 되는 강한 동기가 되어주었다. 아버지에 대한 속죄라고 말할 수 있을지도 모른다.

그것은 또한 현실적인 선택이기도 했다. 특별한 능력도 장점도 없는 미숙이 할 수 있는 일은 역술가뿐이었다. 사장인 지정과는 아버지가 돌아가시고 한국에 가기 위해 입국관리국에 재입국 허가를 받으러 갔을 때, 대기실에서 이야기를 하다가 알게 된 사이다. 이후 역술가가 되기로 마음먹고 지정을 찾아가자, 바로 채용해주었다.

휴대전화가 울려, DVD를 일시 정지했다. 이제 에이주가 돌아올 시간이다. 에이주는 아우라조차 분간되지 않을 정도로 생명력이 약한 사람이다. 그런 남편이 집에 와봤자 대화도 별로 없을 것이다. 그래도 남편보다 먼저 자면 안 될 것 같아 자지 않고 기다렸다. 에이주가 들어오면 차를 끓여 침실로 대령한다. 미숙에게 아이가 생기지 않는다는 것을 알게 된 10년 전부터 부부는 각방을 쓰고 있다.

에이주가 틀림없다고 생각해서 발신자도 확인하지 않고 휴대전화를 귀에 가져다 댄다.

"여보세요?"

통명한 목소리로 전화를 받았다.

"어머, 미숙아, 목소리가 가라앉았네?"

나오코였다.

"일 좀 하고 있었어요. 괜찮아요."

이번에는 부자연스럽게 목소리 톤이 높아진다.

"있잖아. 아까 그 맞선 주선한 가나에 아줌마한테 전화해서 거절했어. 그랬더니 다른 아가씨를 또 소개해주네. 그 아가씨 신상명세서가 지금 없는데, 대충 어떤 아가씨인지는 들었으니까 궁합 한 번 더 봐줄래?"

"네, 그럴게요" 하고 즉시 대답했다. 미숙의 입장으로선 그리 대답할 수밖에 없다.

나오코는 새로운 맞선 상대에 대해 이야기하기 시작했다.

"김영인이란 아가씨인데 1980년 7월 20일생이고, 경상도 사람 같애. 집은 유키가야 오쓰카래. 우리집이랑 가까운 데."

미숙은 서둘러 볼펜을 꺼내와 메모 용지에 맞선 상대의 정보를 한국어로 받아 적었다.

"이번 아가씨는 다카히로보다 두 살 많아. 가나에 아줌마는 나이가 좀 많아도 요즘은 별로 신경 안 쓴다는데, 나는 좀 신경이 쓰이네. 부잣집에 양반 가문 딸이래. 대학은 한국에서 이화여자대학이라는 곳을 나왔다는데, 미숙 씨, 알아?"

"네. 서울에 있는 아주 좋은 대학이에요."

알다마다. 이화여자대학은 한국 유수의 명문대학교다. 그렇다면 한국말도 잘할 것이고 분명히 서울 말씨를 쓸 게 분명하다고 생각하니 그것만으로 김영인이라는 아가씨에게 친근감이 생겼다.

"그래, 좋은 대학이구나. 자, 그럼 어쨌든 잘 부탁할게."

나오코는 전화를 끊었다.

내일은 30분쯤 일찍 직장에 가서 컴퓨터로 다카히로과 영인의 궁합을 봐야겠다고 생각했다. 더불어 도쿠주와 나오코와 영인의 궁합도.

다음 날 궁합을 본 다카히로과 영인의 결과는 오행이 '금'인 다카히로에 대해 영인은 '땅'이었다. 꽤 괜찮은 조합이다. 도쿠주와는 별로였지만 나오코와도 잘해나갈 거라는 점괘가 나왔다.

좋은 점괘는 빨리 알려주는 게 좋다는 생각으로 나오코에게 다카히로과 맞선 상대인 영인의 궁합이 좋다는 내용의 메일을 보냈다. 그러자 '그럼 맞선을 봐야겠다'고 바로 답장이 왔다.

드디어 자기 책임을 완수했다고 생각하니 안도감이 밀려들었다. 앞으로의 일은 다카히로과 영인 두 사람이 만나봐야 알 수 있을 것이다.

미숙은 아침 일찍 손님 데이터를 켜고 점 볼 준비를 했다. 모니터를 보면서 마우스를 클릭하자마자 진동으로 설정된 휴대전화가 부르르 떨었다.

나오코였다. 일하는 부스에서 전화를 받을 수는 없어서 음성사서함으로 연결시켰다. 급히 메시지를 확인하자 곧장 전화를 달라는 내용이었다.

손님이 도착하기까지 15분쯤 여유가 있어서 미숙은 '역술관 사랑' 밖에서 전화를 걸려고 접수창구 앞을 지나갔다. 동수가 무슨 일이냐고 고개를 갸웃거리기에 휴대전화를 손가락으로 가리키며 밖으로 나갔다.

계단을 내려가 길거리로 나온다. 한복으로 갈아입기 전에 스웨터 한 장만 걸치고 나온 미숙에게는 약간 구름 낀 봄 날씨가 조금 쌀쌀하게 느껴진다.

전화를 걸자마자 나오코가 받는다.

"에휴, 못 살겠어."

나오코는 화가 난 것 같다.

"요즘 세상에 양반, 상놈이 어디 있다고?"

미숙이 무슨 일이냐고 묻기도 전에, 나오코는 흥분을 삭히지 못하고 김영인의 집에서 다카히로와의 맞선을 거절해온 이유를 자세히 설명했다.

중매쟁이 아줌마한테 맞선 볼 의사가 있다고 조금 전에 전화를 했더니 전라도가 고향인 데다, 나이가 어린 남자에게는 딸을 줄 수 없다고 거절한 모양이다.

"나이야 그렇다고 쳐도,"

조금씩 커지는 나오코의 목소리를 피해 보려고 휴대전화를 귀에서 슬쩍 뗀다.

"우리 딸들 혼사를 가나에 아줌마한테 부탁했을 때는 적어도 고향이 문제가 된 적은 없었다고."

나오코의 기분은 이해하나 궁합이 나쁘다고 거절하는 것과 똑같이, 고향이 제주도 또는 전라도라는 이유로 거절을 당하는 부조리한 일도 벌어지는 것이 중매이고, 혼사다.

경제발전을 이룩한 일본은 물론 미국, 유럽과도 어깨를 나란히 할 만큼 성장한 한국이지만 그 실상은 여전히 수천, 수백 년 전의 백제, 신라까지 끌어들일 정도로 뿌리 깊은 지역감정이 남아 있다. 재일교포 중에서 이런 감정을 가진 집이 있다고 해도 그다지 이상할 것은 없다.

한편으로는 재일교포 집안이 오래된 한국의 가치관을 소중하게, 또 순도 높게 지켜오기도 했다. 상대방 집안이 양반이라니, 그 자부심도 무척 강할 것이다.

사실은 사진으로 본 다카히로가 마음에 들지 않았는데 외모 탓은 못 하고, 본적지를 꼬투리 잡았을 가능성도 있다. 하지만 나오코에겐 그럴 수도 있는 일이라고는 차마 말하지 못했다. 그저 나오코의 분이 풀릴 때까지 전화를 받아줄 수밖에 없는데, 오늘은 시간이 그리 넉넉하지 않다.

동수가 계단을 내려와 눈짓으로 신호를 보낸다. 소리 없이 입만 벙긋하며 할머니가 부른다고 한국말로 말한다. 동수를 향해 금방 가겠다고 역시나 입만 벙긋하며 한국말로 대답하고 고개를 끄덕인다.

"형님, 죄송한데 이제 가봐야 할 것 같아요. 일이 있어서."

겨우 전화를 끊을 수 있었다.

휴게실로 직행하자 지정이 접이식 의자에 앉아 있었다. 녹색 한복을 입은 지정 주변에서는 황록색과 갈색의 중간색이 은은하게 풍겨나온다. 그 사람이 좋아하는 색과 그 사람의 아우라 색이 비슷한 것은 자주 있는 일이다. 약간 히스테리 끼가 있지만, 밝은 성격의 지정을 잘 표현해주는 색이다. 색이 살짝 거무튀튀한 것은 좀 음흉한 성격 탓이 아닐까.

"미숙아 말야. 음, 그러니까, 부탁이 있는데."

미적거리며 말을 꺼낸다.

"오늘 내가 아는 사람이 점을 보러 올 거야. 예약을 안 했는데 먼저 좀 봐줬으면 좋겠어."

고용주인 지정의 부탁을 미숙이 거절할 수는 없다. 점심시간을 15분으로 줄이고, 남은 30분을 지정의 지인인 손님에게 할애하기로 한다.

"남편 바둑친구인데 어제 너무 급하게 부탁을 하더라고. 네 얘기를 어디서 들었대. 꼭 좀 부탁한다고 해서, 대신 갑작스럽게 봐달라는 거라 복채는 좀 비싸게 받기로 했어."

복채를 더 받는다 한들 미숙은 월급 형태로 매달 정해진 금액을 받기 때문에 좋을 것도 없다. 지갑이 두둑해지는 것은 지정일 뿐인데 "잘 됐네요"라고 대답한다.

"자, 이게 어제 적어 받은 거야. 그럼 점심때 오라고 전화해 둘게."

지정한테서 카운셀링 시트를 건네받는다. 이미 다 써넣은 것을 보니 부탁이 아니라 강요에 가까웠지만 입을 꾹 다물었다.

조금이나마 휴식 시간을 확보하기 위해 점심시간 전에 온 손님을 5분쯤 빨리 돌려보냈다. 30분 중에 그 정도는 허용 가능한 범위다. 그 대신 될 수 있는 한 좋은 점괘만 늘어놓고 손님 기분을 좋게 만들어 부스에서 내보냈다. 아로마 캔들을 끄고, 부스 안에서 도시락을 꺼내놓고 지정에게서 받은 카운셀링 시트를 주시한다.

눈에 익은 달필이었다. 어제 본 신상명세서의 글씨체와 매우 닮아 있다. 지정 남편의 바둑친구라니 나이가 많은 남성일 것이다. 나이가 많은 분들이 쓰는 글씨체는 대부분 비슷한 건지도 모른다.

그렇다고 해도 나이 든 남성이 점을 보러 오는 일은 거의 없다. 무슨 엄청난 고민이라도 있는 것일까.

金鉄泰(김철태). 1925년 12월 19일 한국 경성 출생. 출생 시간 불명.

경성? 미숙의 고향인 서울을 뜻한다. 재일교포는 경상도나 제주도 등 한국 이남 지역 출신이 많고, 북부인 서울 출신은 드물었다. 게다가 그는 나이가 벌써 여든이 넘었다. 인생이 거의 종반에 가까운데 왜 이제야 점을 보겠다는 것일까.

비고란을 살펴보니 딸과 아들, 손자, 아내라고 적혀 있고 각각의 이름, 생년월일, 출생지, 딸과 아들, 딸의 아들인 손자의 출생 시간이 적혀 있었다. 마지막으로 '가족들 사주를 부탁한다'고 쓰여 있다.

이렇게 많은 사람을 30분 안에 다 볼 수 있을까? 데이터만이라도 입력해 점괘를 출력하면, 점을 본다는 최소한의 임무

사주팔자

는 수행할 수 있을 것이다.

도시락을 옥수수차와 함께 꿀꺽 흡입한 후 모니터를 켰다. 데이터 입력을 끝내고 프린터에서 종이가 5장 모두 나왔을 때쯤, 자세가 꼿꼿한 노인이 "안녕하세요?" 하며 부스 안으로 들어왔다.

재일교포들이 많이 쓰는 남쪽 지방 사투리가 전혀 없는 깔끔한 서울 말투다. 그 온화한 목소리에서 미숙은 아버지를 떠올렸다.

"거기 앉으세요."

한국어 존댓말로 대답하면서 황급히 아로마 캔들에 불을 붙였다.

눈앞의 김씨 할아버지는 천천히 의자에 앉았다. 아무리 자세가 좋아도 행동은 노인처럼 느렸다. 주변을 둘러싼 공기는 약간 거무스레했고, 죽음을 앞둔 아우라가 풍겨나오는 것 같았다.

"무리하게 해서 미안하네."

김씨 할아버지는 눈을 가늘게 뜨고 미숙을 바라보았다. 그 자상한 눈동자도 역시나 아버지를 떠올리게 했다. 미숙의 아버지는 김씨 할아버지보다 키가 작고, 얼굴 역시 조금도 닮은 구석이 없는데 그래도 아버지가 떠올라 가슴이 미어졌다.

이렇게 서울말로 이야기하니 마치 아버지와 이야기하는

것 같은 착각에 빠질 정도였다.

"별말씀을요. 괜찮아요."

혹시 김씨 할아버지가 귀가 어두울지 모른다는 생각에 목소리를 높였다. 점심시간이라 다른 역술가들은 자리를 비우고 있었다.

"그럼 점을 봐드리겠습니다. 먼저 할아버지 본인부터."

김씨 할아버지 본인과 가족의 점괘가 인쇄된 종이를 눈앞에 놓는다.

"아니야, 우리 애들부터 좀 봐줘. 실은 우리 딸이 위암이라는 걸 최근에 알았어. 그리고 우리 아들도 좀 봐줘. 아들이 북한에 있거든."

김씨 할아버지는 아들 고이치가 재일교포 북송사업[6]을 통해 북한에 가게 된 경위와 간단한 가족사, 그리고 현재에 대해 이야기해주었다. 그 말투는 온화했지만, 할아버지의 가족사는 영화나 소설처럼 파란만장했다. 미숙이 전에 본 한류

---

6 1950년대부터 1980년대 초반까지 이어진 '재일교포 북한 귀국 운동'을 말한다. 1945년 독립 후, 일본에 남은 조선인들은 한국에 돌아갈 수단을 찾지 못했다. 잇달아 한국으로 향하는 배가 가라앉은 사고가 난 후, 쉽게 배에 오를 수 없었던 것이다. 한국과 일본의 국교가 없는 상황에서 한국으로 돌아가지 못한 조선인들은 일본에서 살아보고자 했지만, 차별을 받게 된다. 이런 사람들을 북한으로 보내는 사업을 조총련이 시작하고 일본 정부가 추천하면서 약 9만 3천여 명의 조선인이 북한으로 넘어간 것으로 알려져 있다. 이들 대부분은 북한의 '지상낙원'이라는 말에 속아 이주를 결정했다.

드라마 뺨칠 만큼 기구한 스토리다.

미숙은 김씨 할아버지 가족의 불행에 쉽게 끼어들 수 없었다. 김씨 할아버지 일가에 비하면 자신은 너무 행복한 게 아닐까.

"그래서 말이지, 제일 궁금한 게 하나 있는데."

김씨 할아버지는 거기까지 이야기한 후, 잠시 고개를 숙이고 침묵했다. 속으로 김씨 할아버지 눈가에 새겨진 주름을 세며 미숙은 다음 얘기를 기다렸다.

"우리 딸 병원비도 필요해서 북한에 있는 아들한테 계속 송금을 해야 할지 고민 중이야. 아들한테서 연락이 끊긴 지도 꽤 되었어."

김씨 할아버지가 쉰 목소리로 말했다. 미숙은 말없이 고개를 끄덕인다.

"이것저것 생각해봤는데, 송금을 해야 할지 말아야 할지 결론을 못 내겠네. 그리고 내 목숨도 이제 얼마 남지 않은 것 같애."

"그런 말씀 마세요."

미숙이 얼른 작은 목소리로 응수한다.

"아닐세. 저승사자가 코앞에 있어. 그래서 지금까지 한 번도 점을 본 적이 없는데, 오랜 친구 소개라 한번 와본 거야. 앞으로 나하고 우리 가족이 어떻게 하면 좋을지 지혜를 좀 빌려

주겠나."

"제가 도움이 된다면야 얼마든지요."

미숙은 진심으로 그렇게 생각했다.

"손자가 말로는 표현하지 않는데 대학에 가고 싶어 하는 눈치야. 우리도 손자를 대학에 보내고 싶어. 그런데 지금은 여유가 없다네."

그렇게 말하고 눈을 내리뜬 표정에서는 언뜻 고뇌가 비쳤다.

미숙은 먼저 딸 게이코의 운세를 봤다. 쉰 이후의 인생에 대해서는 정확하게 나오는 것이 없다. 병환의 운세만 나왔다. 아마 오래 살지는 못할 것으로 보인다. 그러나 점괘를 그대로 전하는 것은 너무 가혹하다고 생각했다.

다음으로 아들 고이치의 점괘로 눈을 돌렸다. 이쪽도 예순 이전에 갑자기 '픽' 하고 운세가 끊긴다. 더 이상의 운세는 나오지 않았다. 미숙의 경험상 고이치는 이미 사망한 것으로 보인다.

"저, 아드님은 현재 금전적 지원이 필요하지 않은 것 같아요. 자식들한테 부양받고 있는지도 모릅니다."

미숙은 북한으로 더 이상 돈을 보낼 필요가 없다고만 전했다. 점괘를 슬쩍 바꿔 풀이했지만.

김씨 할아버지는 그럼 다행이라며 깊은 한숨을 내쉰다.

사주팔자

"내 평생 후회한다네. 하나뿐인 아들자식을 북한에 보내버린 걸."

쥐어짜는 듯한 목소리였다.

"내 사고방식 때문에 아들뿐만 아니라 아내와 딸까지 고생을 시켰어."

김씨 할아버지의 눈 주위가 빨갛게 변해 있었다.

"무슨 그런 말씀을……."

미숙은 더 이상 무슨 말을 하면 좋을지 알 수 없었다.

"요즘은 혼사도 잘 성사되지 않을 때가 많아. 아, 자네 알고 있나? 우리 아내가 재일교포들 맞선을 주선해주고 있거든. 그걸로 우리가 먹고살지. 북한에 송금을 안 해도 된다면 우리가 경제적으로 좀 편해지지. 손자도 대학에 보내줄 수 있고."

맞선 주선이라는 말을 듣고 어제 신상명세서의 글자가 머릿속에 떠올랐다.

"저, 혹시 할아버지, 일본 이름 있으세요?"

미숙은 자기도 모르게 질문을 했다.

"가나에 데츠오를 쓸 때도 있다네."

"가나에 할아버지시군요."

자 그럼, 이 할아버지 아내가 그 중매쟁이 아줌마였구나. 그럼 신상명세서의 글씨는 분명 이 할아버지의 필체군. 20년을 살아오면서 재일교포 사회가 몹시 좁다고는 생각했지만,

아무리 그렇다 한들 이렇게 쉽게 그 필체의 인물을 만나리라
곤 생각지도 못했다. 첫 경험이다.

재일교포 사회는 다양한 의미에서 폐쇄된 커뮤니티이기
때문에 참 어렵다는 생각이 때때로 든다. 다들 연결된 사이다
보니 늘 조심해야 한다.

"혹시 우리 집사람 알아요? 우리 집사람이 좀 유명한 중
매쟁이긴 한데."

김씨 할아버지는 자조하듯 슬며시 입꼬리만 올리고 웃
었다.

"네, 저희 시조카도 신세를 많이 지고 있어요."

"내가 능력이 없어서 아내가 먹여 살리느라 고생했지. 부
끄럽네. 생계를 위해서라곤 하지만 아내가 남한이 고향인 재
일교포들 혼담도 여러 번 성사시켰어. 남한 사람들과도 사이
좋게 지내왔지. 그게 원인이 된 건지 내가 조총련에서 출세를
못 했다네. 실은 딸도 일본인과 결혼을 했어. 그래서 북한으로
간 아들과 연락이 끊긴 건지도 몰라."

김씨 할아버지가 다시 눈을 내리간다.

"아닐세. 마누라한테 무슨 죄가 있겠어? 다 내 탓이야. 내
가 능력이 없어서지."

미숙은 마음이 무거워져 대답도 제대로 하지 못했다.

15년 전 한국에 갔을 때, 아버지가 술에 취해 시뻘건 눈으

로 한 말이 떠올랐다.

"미숙아, 내가 능력이 없어서 너를 일본에 시집보냈다. 정말 미안하다."

그때 아버지에게는 불임치료로 지치고, 금전적으로도 핍박받던 미숙이 행복하게 보이지 않았던 게 분명하다.

"자네에게 이런 얘기를 해서 미안하네."

김씨 할아버지가 침묵을 깬다.

"아니에요. 편하게 말씀하세요."

"자네에겐 자꾸 속내를 말하고 싶어지는군."

"점을 보러 오시는 분들 중에 그런 분들이 많이 계세요. 그러니 할아버지도 편하게 털어 놓으세요."

"그렇군. 가족에겐 꺼내지도 못하는 얘기가 어쩐지 술술 나오네."

"저야말로 쓸데없는 걸 여쭤봐서 죄송합니다. 일본 이름이 있는 사람과 없는 사람이 있어서 여쭤본 거예요. 그럼 미래에 대해 봐드릴게요. 사모님과 손자, 그리고 할아버지 본인에 대해서요."

딸인 게이코에 대해선 슬쩍 건너뛰어 봤는데 김씨 할아버지는 눈치를 챘는지 천천히 고개를 끄덕였다.

"남은 인생 전부를 눈앞에 있는 우리 소중한 손자와 아픈 우리 딸을 위해 쏟아부을 생각이야. 동일본 대지진이 일어난 후 그런 마음이 더 강해졌어."

"그럼, 잠시만 기다리세요. 바로 봐 드릴게요."

미숙은 인쇄된 글자를 따라 읽는다. 김씨 할아버지의 목숨은 점괘에서도 얼마 남아 있지 않다.

미숙은 가슴에서 치솟아 오르는 응어리 같은 것을 느낀다. 그것이 목구멍까지 솟아 올라와 고통스러워졌고, 어느덧 코 안쪽 깊숙한 곳에서 눈물로 변해버렸다. 눈물을 참고, 아내인 복선의 운세를 따라가 본다. 다행히도 복선은 당분간 건강할 것으로 보인다.

미숙이 자료를 읽다가 곁눈질로 김씨 할아버지 쪽을 보았다. 김씨 할아버지는 쭉 미숙만 쳐다보고 있다.

손자인 쇼타는 당분간은 고생을 하겠지만 30대 이후에는 전도양양한 운세가 펼쳐진다. 미숙은 가슴을 쓸어내렸다. 무척 다행이라는 생각이 들었다. 얼굴을 들고 김씨 할아버지와 시선을 맞춘다. 점괘대로 사실을 모두 이야기하는 게 과연 좋은 일일까?

김씨 할아버지에게 도움이 되고 마음과 역술사로서 정직하자는 마음이 서로 충돌한다.

"음, 사모님은 정정하실 거예요."

먼저 결과대로 전달한다. 김씨 할아버지는 안도한 얼굴이 된다.

사주팔자

"그리고 손자분도 30대 이후에 꽃을 피워 순조로운 인생을 보내게 됩니다. 손자분은 의욕도 강하고 재능도 많아요."

이것은 사실이다. 김씨 할아버지 표정이 한결 부드러워졌다.

"그래그래, 우리 쇼타는 열심히 노력하는 녀석이지. 내가 봐도 재능이 있어."

여러 번 고개를 끄덕인다.

"그리고 할아버지 본인은 고생이 많으셨을 텐데……."

죽음이 임박해 있다고는 말하지 못하고, 과거 이야기만 하려고 했다. 어느 정도 가족사를 알게 되었으니, 거기에 맞춰 이야기할 수 있을 것 같았다.

"내 얘기는 그만두게."

"네?"

놀라서 물으니, 김씨 할아버지는 온화한 눈빛으로 미숙을 보고 미소 지었다.

"이제 와서 내 운세 같은 건 아무래도 좋다네. 종이에 쓰라고 해서 썼을 뿐이야. 가족이 행복하면 그걸로 됐네."

미숙은 코끝이 찡해져, 살짝 코를 훌쩍였다.

"죄송합니다. 일본 생활이 오래 되어서인지, 화분증에 걸린 것 같아요."

김씨 할아버지는 얼굴에 주름이 질 정도로 웃는다.

"우리 딸이랑 손자도 화분증이 심하다네. 나는 괜찮은데 말이지. 그런데 자네는 아이는 있는가?"

"없습니다."

김씨 할아버지는 아차 싶었는지 웃음을 멈췄다.

"괜찮아요. 신경 쓰지 마세요."

"고향은?"

"아. 저는, 서울에서 태어났고 결혼해서 여기로 왔어요."

"흠, 역시 서울이었군. 아까부터 그쪽이 아닌가 했다네. 이거 인연일세. 나도 그렇다네. 그럼 가족은 서울에?"

"어머니는 제가 15살 때 돌아가시고, 아버지도 5년 전에 돌아가셨습니다. 형제는 없어요."

미숙이 고개를 숙이고 대답하자 김씨 할아버지는 미숙의 손을 살짝 잡았다.

"그래, 그렇군. 그럼 많이 외롭겠군."

김씨 할아버지는 위로하듯 미숙의 손을 가볍게 쓰다듬는다. 주름으로 가득하고, 혈관이 튀어나온 손은 거칠었지만 손바닥은 크고 따뜻했다. 미숙은 김씨 할아버지에게 손을 맡긴 채로 두었다.

누군가가 자신을 이렇게 어루만져준 것이 얼마 만인지 기억도 나지 않았다. 가끔 정 많은 상현이 반갑다며 어깨를 툭 칠 때도 있는데, 사람의 온기가 느껴질 정도의 접촉은 아니었다.

에이주와는 지난 십 년간 체온을 느낄 정도로 가까이 다가가 본 적이 없다. 아무리 생각해봐도 결혼한 후 에이주와 손을 잡은 일도 없었던 것 같다.

5년 전 장례식장에서 돌아가신 아버지의 손을 잡아보았다. 무서울 정도로 차가운 손이었다. 사후 경직으로 딱딱하게 굳은 아버지의 손을 자신의 양손으로 감쌌다.

미숙의 마음까지 차갑게 굳어가는 것 같았다.

그때 격양되어 울던 고모가 달려와 안아준 것 같기도 하다. 타인과 육체적 접촉이 전혀 없던 것은 아닌 것 같은데, 기억이 날 정도로 따뜻한 접촉은 없었다.

김씨 할아버지의 따뜻한 손길에 미숙의 마음은 천천히 녹아내린다. 다시 콧물이 날 것 같고, 눈물까지 터질 것 같다. 코를 훌쩍여가며 어떻게든 멈춰보려고 애쓴다.

"내 얘기를 해서 미안한데, 나는 서울에서 일본으로 건너와 60년이 지났는데도 한 번도 귀국하지 못했다네. 연락도 못 했어. 서울 가족은 어찌 되었는지."

김씨 할아버지는 미숙의 손을 꼭 쥐고 그런데 말이지, 하고 이야기를 이어간다.

"여기 일본에 있는 가족을 소중히 생각하고 지켜나가는 거, 그게 나한테는 살아가는 힘이었고 지금도 그렇다네. 자네도 남편과 여기 가족을 소중히 여겨야지. 자네가 점을 봐줘서 북에 있는 우리 아들이며 송금 문제, 참 여러 가지로 마음이 정리가 되었네."

말을 끝낸 후 미숙의 손을 놓은 김씨 할아버지는 매우 침통한 표정이었다.

김씨 할아버지가 부스를 나서자 갑자기 홀로 남겨진 것 같은 외로움이 찾아왔다. 김씨 할아버지와 서울말로 더 이야기하고 싶었다. 더 오래 손을 잡고 싶었다.

미숙은 가방에서 꺼낸 티슈로 눈두덩이를 누르고, 코를 풀었다.

지정이 미숙의 부스를 찾아와 왜 자신의 풍수지리를 추천하지 않았느냐고 책망했지만, 미숙은 아무 변명도 하지 않고 죄송하다고만 했다.

"그래, 그럴 수도 있지. 아는 사람인데 무리해서 강요할 순 없지."

지정은 자기 자신을 타이르는 듯 말하고는 부스로 돌아갔다.

미숙은 크게 심호흡을 했다. 오후에도 예약이 꽉 차 있었다.

휴대전화에 문자 메시지가 들어와 있었다.

—가나에 아줌마가 또 소개해줬으니까 궁합 좀 봐줘. 이름은 양지혜, 생년월일은……

나오코로부터 온 문자는 길었다.

미숙은 휴대전화의 시각표시를 확인한다. 오후 예약 손님이 올 때까지 10분 정도 남아 있었다. 컴퓨터 모니터를 보고, 나오코로부터 온 문자의 신상정보를 입력한다.

만일 이 혼담이 잘 성사된다면, 김씨 할아버지 부부가 보수를 받게 된다. 신중하게 사주풀이를 해야 한다. 가능하면 좋은 궁합이 나오기를 기원한다. 그래서 조금이나마 김씨 할아버지에게 보탬이 됐으면 좋겠다.

김씨 할아버지의 말이 떠오른다.

"남편과 여기 가족을 소중히 여겨야지."

콧물이 주르륵 흘러내린다. 오늘도 삼나무 꽃가루가 많이 날리는지 눈까지 가려워서 거칠게 눈을 비벼댄다.

이번엔 제대로 병원을 찾아가 화분증 진단을 받고, 약을 먹는 게 좋을지도 모른다. 옆에 놓인 가방에서 티슈를 꺼내 '흥' 하고 씩씩하게 코를 풀고는 쓰레기통에 던져서 버렸다.

다카히로가 좋은 인연을 만나기를 바라보자. 다카히로도 나오코도 도쿠주도 그리고 별볼 일 없는 남편 에이주도, 내게는 소중한 가족임이 틀림없다.

애써 마음을 다잡으며, 미숙은 빠른 손놀림으로 컴퓨터 키보드를 두드려댔다.

도쿄도 좋지만, 동경東京이 어쩐지 더 좋다.

동경 여행을 위한 특급 레시피가 있다. 동경에 도착하면 제일 먼저 담배 한 보루와 위스키 두 병을 산다. 이틀을 지내건, 일주일을 지내건 똑같다. 아침에는 담배를 피우며 위스키를 마시고, 점심때는 담배를 피우며 커피를 마신다. 밤이 되면 지역 양조 맥주를 취급하는 탭하우스를 찾아 담배를 피우며 모든 파이프의 맥주를 하나씩 다 마신다. 맥주를 마시며 지긋지긋하게 읽은 백석을 떠올린다. 백석은 동경 아오야마 학원에서 공부했다. 지금도 읽고 있는 하루키도 떠올린다. 하루키는 아오야마 근처에서 오래 살았다. 내가 지나간 길을 백석도 걸었고 하루키도 밟았다. 이렇게 다음 날도, 전날에 했던 끽연과 음주를 반복한다. 마지막 날, 돌아오는 비행기를 탄다.

하루키는 논픽션 《언더그라운드》를 쓰고 "사실의 검증은 하지 않았다"라고 말했다. 나는 사실의 검증을 열심히 하고 거짓말은 적극적으로 섞었다. 쓰다 보니 하루키스트Harukist가 되어버렸다. 소설을 쓰면서 하루키 소설보다 하루키 관련 책이 더 많아서 놀랐다.

하루키를 도서관에서 찾으면 한글로 '촌상춘村上春'이라고 표기되어 있다. 촌상춘 씨, 건강하세요.

참, 〈프러포즈〉는 실제 프러포즈에 사용되었다. 정말이라니까.

—〈프러포즈〉 김학찬

서른이 넘어 일본에 사는 '독신 한국 여성'은 사실 그리 많지 않다. 어느 정도 나이가 차면 결혼을 하거나, 아니면 한국으로 혹은 또 다른 외국으로 떠난다. 일본에 정을 붙이지 못해서, 또는 일자리 트러블로, 또는 한국에 가족이 있어서 등등 그 이유는 다양하다. 제도적으로 일본처럼 이민을 일절 받지 않는 시스템 속에 이방인의 신분을 유지하며 주체적으로 오래 남아 살기란 쉽지 않다.

주인공 리는 서른아홉이다. 마흔이 코앞이지만 결혼을 할 생각은 없다. 스물아홉과 서른아홉은 다르다. 서른아홉, 결혼에 대한 꿈도, 인생에 대한 꿈도 접은 나이, 그러나 삶을 살아가는 자세 하나만큼은 조금 단단해지는 그런 나이다. 리는 전신 제모는 고려하지 않지만 다리털은 신경이 쓰이는 평범한 여성이다. 결혼보다는 가끔 만나는 남자가 있으면 다행이라고 생각한다. 어쩌다 보니 복수의 상대가 있다. 소설엔 쓰지 않았지만, 한 남자만 사귈 때도 있을 게 분명하다. 리는 외롭지만, 그 외로움을 남자가 채워주리라곤 생각하지 않으며 외로울 때 누군가가 있어주면 다행이라고 생각한다. 사람은 복잡한 요물이다. 누군가는 문란하다며 리에게 돌을 던질지 모른다. 누군가는 이 페미니즘의 시대에 남자를 포기하지 못했다며 코웃음 칠지도 모른다. 리는 그저 자신의 상황을 즐기며 살아갈 뿐. 리는 연애가 즐겁고, 한 사람과의 연애에 연연하지 않는다. 그런 리의 서른아홉 번째 생일을 엿보는 마음으로 썼다. 앞으로 리가 도쿄에서 얼마나 더, 또 어떻게 살아가게 될지 나 역시 궁금하다.

—〈리의 여정〉 김민정

〈불가사의한 공간〉〈소프트 보일드〉, 이 두 작품은 아마 10년도 더 전에 쓴 것 같다. 어쩌면 20년 가까이 된 것 같다. 언제, 어느 잡지에 실려 있던 작품인지도 지금은 확실하게 기억이 나지 않는다. 더 솔직히 말하자면, 게재되었단 사실조차 잊고 지냈던 작품이다.
오랜만에 두 작품을 다시 읽어보니 거기에는 당시의 내 심정이 생생하게 살아 숨 쉬고 있었다. 소설의 형태를 빌렸지만, 실은 나의 실제 경험을 바탕으로 쓴 글이다. 알코올 중독인 마담과의 만남과 이별, 할머니와 둘이 살던 재일교포 마을과 거기 살던 사람들…… 되도록 가슴 깊은 곳에 묻어두고 꺼내 보고 싶지 않던 기억의 단편들이다. 알코올 중독 마담에게 검은 가죽 열쇠지갑을 받은 일도, 할머니네 집 옆집에 살던 누나가 핫케이크를 사준 일도 모두 사실이다. 지금도 마음 한 켠이 아려오는 에피소드들이다.
그럼에도, 이 두 가지 이야기를 쓴 경위는 결별을 위한 의식이었다고 지금의 나는 해석한다. 나는 그들, 그녀들을 더 이상 보지 않으려 애쓰며 도망쳤다. 그러나 그렇게 도망칠 것이 아니라 봉인을 풀고, 그들과 그녀들과 재회하고, 제대로 마지막 인사를 하고 싶었다. 그리고 '여기가 아닌 어딘가, 여기인지도 모를 어딘가'로 떠나는 것만 꿈꾸던 나와도 이별을 고하고 싶었다.

지금의 나는 여전히 '소프트보일드'한 인생을 살고 있다. 작은 일에 화를 내고, 슬퍼하고, 또 기뻐한다. 〈소프트보일드〉에 등장하는 J와는 40년 넘게 좋은 친구로 지내고 있다. 내가 작가답지 않게 유치한 언동을 할 때마다 그는 나를 비웃는다.
"의신이 형, 참 변함없으시네. 옛날이랑 똑같아요. 금세 화내고, 웃고, 울고."
"놀리는 거야, 지금?"
"무슨 말씀을요. 칭찬하는 거예요."
"그러는 너도 옛날이랑 똑같아."
"저는 그래도 의신이 형보다는 철이 좀 들었죠."
J는 위암으로 위의 절반을 도려낸 후 비쩍 말랐다. 세월은 사람을 변화시킨다지만, 그 내부는 거의 변하지 않는다. 우리들의 우정도 마찬가지다.
"그때 그 꿈 아직도 꾸세요?"
"무슨 꿈?"
"그거 있잖아요. 여기가 아닌, 어딘가 여기인지도 모를 어딘가의 손잡이에 달려 너풀대는 티셔츠가 된 꿈."
"이젠 안 꿔."
"그럼 어디로 갔을까요, 그 티셔츠는?"
"글쎄, 바람에 날아갔겠지 뭐."
"겨우 그런 걸까요?"
"뭐가?"
"꿈이란 거요."
"겨우 그런 거지."
"음, 그건 좀……."
"뭐 어쩌겠어. 꿈은 꿈인 거야."

작가의 말

나는 내가 살던 재일교포 마을과 거기 사는 사람들을 오랫동안 경멸해왔다. 대낮부터 술이나 마시는 아저씨들은 혐오스러운 존재였고, 나는 늘 어디론가 떠나고 싶어 했다. 그런데, 이제는 내가 그들과 동년배가 되어 술을 좋아하는 아저씨 중 하나가 되고 보니, 그들에게는 그들의 인생이 있었구나 싶다. 그들은 그들 나름대로 열심히 살고 있었던 것이다. 너무 어린 탓에 내가 그걸 눈치채지 못했던 것이다. 그들을 받아들임으로써 나는 나를 받아들이게 되고, 내 과거를 받아들이고, 내 소년 시절을 받아들일 수 있게 되었다. 그리고 나는 더 이상 멀리 떠나는 꿈을 꾸지 않게 되었다.

끝으로 내가 잊고 지냈던 두 작품을 찾아내 한국어로 번역하고 출간해준 출판사와 편집자, 번역가인 김민정 씨, 지금 이 세상에 없는 알코올 중독 마담, 할머니, 재일교포 마을 사람들, 그리고 이 두 작품을 읽어줄 여러분께 글로나마 감사의 말씀을 드린다. "고맙습니다."

―〈불가사의한 공간〉〈소프트보일드〉정의신

동반되는 삶은 어떤 것일까.

충분히 길진 않을지도 모르나 짧지 않은 세월을 일본에서 보냈다. 사교성 부족한 성격 탓에 많은 사람과 인연을 맺지는 못했지만, 말을 섞어 본 사람들 중 유난히 마음이 갔던 건 역시 처지가 비슷한 여성들이었다. 남편과 함께 유학 온 여자. 남편의 해외발령을 따라온 여자. 가족 모두 일본으로 이주해온 집의 주부. 그녀들과 이야기를 나눌 때는 말로 표현하지 않기로 한 것이 어쩔 수 없이 오갔다.

미처 느끼지 못하고 지나 보낸 감정, 느꼈으나 애써 무시한 마음을 잡아보려고 했다. 시아는 내가 되지 않기로 결정한 나일지도 모른다.

―〈최저가 매물에 주의하세요〉송재현

소설 〈사주팔자〉는 도쿄 신오쿠보가 주요 배경이다. 신오쿠보는 한국문화에 매력을 느끼는 사람들이 찾아와 성황을 이루는 도쿄에서도 가장 활기가 넘치는 지역 중 하나다. 이 소설을 쓴 2011년은 동일본 대지진이 일어난 해였다. 당시 일본 전체가 어둡고 무거운 분위기에 둘러싸여 있었지만, 그런 상황에서도 신오쿠보를 찾는 이들에게선 밝은 표정을 찾아볼 수 있었다.

한국과 관련된 다양한 인물들의 이야기가 마치 〈인간극장〉처럼 응축된 곳이 신오쿠보라는 동네다. 거기에는 맛있는 한국 음식을 파는 한국 식당과 한류 아이돌 상품을 파는 상점뿐만 아니라 수많은 한국인들의 인생이 있고, 때로는 재일교포와 일본인들의 인생이 교차하는 장소이기도 하다.

그런 신오쿠보에서 일하는 뉴커머(신新 정주자)인 역술가, 미숙의 삶과 그녀의 눈을 통해 본 재일교포들, 그리고 한류 팬 여성들의 모습을 그려 보았다. 한국에 사는 분들은 이 소설을 통해 일본에서 일하는 한국인의 갈등을 조금이나마 엿볼 수 있을 것이다.

나는 아버지가 재일교포 1세, 어머니가 재일교포 2세다. 재일교포에 대해 한국에 계신 분들을 얼마나 알고 있을까? 재일교포 중에는 제2차 세계대전 이전에 일본에 온 이들의 자손도 있고, 제2차 세계대전 직후의 혼란기에 일본에 온 이들도 있다. 재일교포는 남북분단으로 인해 개개인의 정치적인 입장도 크게 다르다. 그중에는 남북 어느 한쪽에 속하는 것을 거부하고, 남북분단 이전의 조선이란 나라를 자신의 국적으로 삼고 살아가는 이들도 있다. 뿐만 아니라 최근 들어 일본으로 건너온 뉴커머와 일본에서 오래 살아온 재일교포 사이에는 건널 수 없는 강이 있다. 더불어 1세, 2세, 3세로 점차 후대로 내려가면서 민족성이 옅어지고 있는 반면, 이런 위기에 직면해 민족성을 견지하려는 이들도 있다. 거기에 세대 차이로 인한 가치관의 단절까지 더해져, 재일교포를 이해하는 일은 쉽지 않다. 또, 재일교포 북송사업으로 가족을 북한에 보낸 사람들은 어떤가. 그 그늘을 안고 살아가는 이들도 있다. 그렇지만 모두 가족과 동포, 친구들과 손을 맞잡고 강인하게, 대도시 도쿄에서 열심히 살아가고 있다.

소설 속의 등장인물들을 따뜻한 눈으로 지켜봐 주시길 당부드린다.

—〈사주팔자〉 후카자와 우시오